人民共和國文化與文學叢書

八　編

李　怡　主編

第 **10** 冊

黑旗袍：中國電影的文化邏輯與市場機制
——2000年以來的文本實證（上）

袁慶豐　著

花木蘭文化事業有限公司

國家圖書館出版品預行編目資料

黑旗袍:中國電影的文化邏輯與市場機制——2000 年以來的
文本實證(上)╱袁慶豐 著 -- 初版 -- 新北市:花木蘭文化
事業有限公司,2020〔民109〕
序 12+ 目 2+198 面;19×26 公分
(人民共和國文化與文學叢書 八編;第 10 冊)
ISBN 978-986-518-218-2(精裝)
1. 中國文化 2. 文化研究 3. 電影
820.8   109010905

特邀編委(以姓氏筆畫為序):

吳義勤 孟繁華 張 檸
張志忠 張清華 陳思和
陳曉明 程光煒 劉福春
(臺灣)宋如珊
(日本)岩佐昌暲
(新西蘭)王一燕
(澳大利亞)鄭 怡

ISBN-978-986-518-218-2

9 789865 182182

人民共和國文化與文學叢書
八 編 第 十 冊   ISBN:978-986-518-218-2

黑旗袍:中國電影的文化邏輯與市場機制
—— 2000 年以來的文本實證(上)

作 者	袁慶豐
主 編	李 怡
企 劃	四川大學中國詩歌研究院
總 編 輯	杜潔祥
副總編輯	楊嘉樂
編 輯	許郁翎、張雅淋 美術編輯 陳逸婷
印 刷	普羅文化出版廣告事業
出 版	花木蘭文化事業有限公司
發 行 人	高小娟
聯絡地址	235 新北市中和區中安街七二號十三樓
	電話:02-2923-1455╱傳真:02-2923-1452
網 址	http://www.huamulan.tw 信箱 hml810518@gmail.com
初 版	2020 年 9 月
全書字數	325190 字
定 價	八編 18 冊(精裝)台幣 55,000 元

黑旗袍：中國電影的文化邏輯與市場機制
——2000 年以來的文本實證（上）

袁慶豐　著

作者簡介

袁慶豐，生於內蒙古呼和浩特市（1963）。上海華東師範大學文學博士（1993）。北京大學（1996～1998、2000～2002）、美國 TCC 社區學院（1999）、北京電影學院（2009～2013）訪問學者。北京廣播學院副教授（1996）、電影學碩士生導師（2000），中國傳媒大學教授（2002）、電影學專業博士生導師（2009）。

著有《黑草鞋：1937～1945 年現存抗戰電影文本讀解》（臺灣花木蘭文化事業有限公司2020 年版）、《黑布鞋：1936～1937 年現存國防電影文本讀解》（臺灣花木蘭文化事業有限公司 2017 年版）、《黑皮鞋：抗戰爆發前的新市民電影——1933～1937 年現存中國電影文本讀解》（臺灣花木蘭文化出版社 2016 年版）、《黑乳罩：1949 年後外國電影在中國大陸的文化傳播和世俗影響》（臺灣花木蘭文化出版社 2015 年版）、《黑馬甲：民國時代的左翼電影——1932～1937 年現存中國電影文本讀解》（臺灣花木蘭文化出版社 2015 年版）、《新世紀中國電影讀片報告》（中國傳媒大學出版社 2014 年版）、《黑棉襖：民國文化中的舊市民電影——1922～1931 年現存中國電影文本讀解》（臺灣花木蘭文化出版社 2014 年版）、《黑夜到來之前的中國電影——1937 年現存國產影片文本讀解》（中國廣播電視出版社 2012 年版）、《黑白膠片的文化時態——1922～1936 年中國早期電影現存文本讀解》（上海三聯書店 2009 年版）、《欲將沉醉換悲涼——郁達夫傳》（上海文藝出版社 1998 年初版、香港花千樹出版有限公司 2001 年海外繁體字版、中國傳媒大學出版社 2010 年第三版、華東師範大學出版社 2020 年第四版）、《靈魂的震顫—文學創作心理的個案考慮》（北京廣播學院出版社 2002 年版）、《郁達夫：掙扎於沉淪的感傷》（山東文藝出版社 1997 年版）。

提　要

作者在出版本書的大陸版之前，曾用了十年時間追溯 1949 年前的中國電影歷史，並為現存的、公眾可以看到的 1938 年之前的每部電影都寫了一篇專題論文。在逐一完成六十部左右的個案讀解過程中發現，除了史有定論的左翼電影和國防電影，以噱頭、打鬥和鬧劇為核心元素，以社會教化為主題、以婚姻家庭和武俠神怪為主要題材的舊電影，應該被稱為舊市民電影（1905～1932）；1930 年代初期，除了對外反抗日本侵略、對內反對強權勢力、為弱勢群體發聲的左翼電影（1932～1936），新電影還應包括有條件地抽取借助左翼電影思想元素、側重都市文化消費的新市民電影（1933～），以及在認同舊市民電影倫理道統基礎上，既反對左翼電影激進的社會革命立場、又反對新市民電影追求娛樂消費功能的國粹電影（1934～）。

近年來，作者將這些對早期中國電影的形態分類概念和研判邏輯，挪移套用至 1979 年以後中國電影的文化生態背景和市場生產體系，並先以 2000 年以來的影片文本為例證逐一驗證後提出：自 1980 年代，借助港臺影視的文化反哺和逐步恢復的市場化大潮，1949 年前的舊市民電影、新市民電影全面回歸：前者的「三俗」（主題通俗、題材庸俗、形式低俗）體貌依舊，後者的思想、技術和時尚品味「三投機」的品質依然；新左翼電影全面繼承張揚了左翼電影顛覆主流價值觀念的精神氣質（階級性、暴力性、宣傳性）和粗糲的藝術審美風格，再接再厲、再上層樓；新國粹電影承接以往國粹電影介入現實的社會批判立場，保留了反對激進（左翼電影）、反對保守（舊市民電影）、反對追逐時尚（新市民電影）的「三反對」品質，繼續試圖在民族傳統和文化形態中獲取新生資源。

作者對電影歷史的動態把握和由此建構的理論體系，以及堅持本土觀念的首創性，從現存文本驗證的實操性均值得關注。

全球化時代如何討論當下的文學問題
——《人民共和國文化與文學》第八編引言

李　怡

　　我們常常說，這是一個「全球化的時代」，也就是說，對當下文學的討論，「全球化」是一個不可回避的語境。但是「全球化語境下的中國當代文學」這個題目所包含的意蘊以及它所昭示的學術立場本身就是意味深長的。我覺得，在我們積極地研究當下文學自身成就的同時，適當的反顧一下我們已經採取或者可能會採取的立場，也不失為一種新的推進方式。「全球化」是新世紀中國學術的一個重大課題，「中國當下的文學」雖然已經闡述了多年，但在今天的「新世紀」或者說「新時代」的時間段落中，無疑也具有了特殊的意義。只是，如果我們竭力將這些關鍵詞置放在一起，其相互的意義鏈接就變得有點曲曲折折了。

　　從表面上看，「全球化」與「中國當下」，這是一個普遍性的時間和一個特殊空間的問題。我們常常在說「全球化時代」如何如何，這也就是說我們正在經歷一個正在怎麼「化」的過程，這是一個時間的過程。「全球化語境中的中國文學」，似乎應當考慮的是一個局部空間的文學現象如何適應更有普遍意義的時代發展的要求，當然，關於這方面的話題我們可以談出許多。例如全球化時代的經濟一體化進程與民族文化矛盾對於不同民族文化交流與融合的影響，而這種文化的衝突與融合對於文學藝術的創造又取著怎樣的關係，接踵而來的另一個直接問題就是：中國當下的文學，這一目前可能民族性呼聲很高的區域文學如何在呼應「全球化」時代的主體精神的同時保持自己真正的有價值的個性？近40年來的學術史上，關於這樣的「時代要求」與民族

國家關係的討論曾經也熱烈地進行過，那就是上一個世紀 80 年代中期的「走向世界」，當時，人們通過重述歌德與恩格斯關於「世界文學」時代到來的論斷，力圖將中國文學納入到「世界文學」時代的統一進程當中，因為這樣一來，我們就可以有力地走出地域空間的封閉而更多地呼應世界性的時代思潮了。

那麼，「全球化」的提出與當年的「走向世界」有什麼不同，它又可能賦予我們文學研究什麼樣的新意呢？在我看來，當年的「走向世界」思潮與其說是關於文學的理性的分析，毋寧說是一種文學呼喚的激情，一種向所有的文學工作者吹響的進軍的號角，除了面對啟蒙目標的偉大衝動外，關於文學特別是文學研究的新的理性評判系統並沒有建立起來，而啟蒙本身的意義也常常被闡述得籠統而模糊。所謂「全球化語境」，其實是為我們的文學特別是文學的研究提供了一個比較完整的新的思考的框架。例如作為人類精神發展基礎的「經濟」的框架：當前全球經濟一體化的過程對於文化與文學究竟會產生怎樣的影響？一個民族國家（諸如中國）的精神創造是如何回應或如何反抗這樣的「同一」過程的？而經濟制度本身又如何對精神生產形成制約或推動？這些思路從宏觀上看將與目前熱烈進行的「現代性」問題的討論相互聯繫，與所謂世俗現代性／審美現代性的分合問題相互聯繫，從而在文學的「內」、「外」結合部位完成細節的展開。顯然，這比過去籠統的「經濟基礎決定上層建築」或者「文學發展與經濟發展的不平衡原則」要具體而充實。從微觀上看，今天我們所討論的「民族國家文學」問題本身就聯繫著「一帶一路」這樣經濟的事實，我們似乎沒有必要將民族國家文學的發展局限在知識分子書齋活動之中，這裡所產生的可能是一個更具有深遠意義的「文化審視」問題——不僅當下中國的人們有了重新自我審視的機會，而且其他地方的人也有了深入審視中國的可能，其實文學的繁榮不就是同時貢獻了多重的視線與眼光嗎？或許正是在這個意義上，我以為，新世紀的「全球化」思維具有了比 80 年代「走向世界」思維更多的優勢。

但是，「全球化」思維又並非就可以敞開我們今天可以感知到一切問題，我甚至發現，在關於文學發展的一個基本的困惑點上，它卻與「走向世界」時代所面對的爭論大同小異了，這個困惑就是我們究竟當如何在「或世界或民族」之間作出選擇，或者說全球化時代的文學普遍意義與民族文學、地區文學之間的矛盾是否還存在，如果存在，我們又當如何解決？無論我們目前

的議論如何竭力「消解」所謂二元對立的思維，其實在學術界討論「全球化」與「民族性」的複雜關係時，我們都彷彿見到了當年世界性與民族性爭論時的熱烈，甚至，其基本的思維出發點也大約相似：全球化時代與世界化時代都代表了更廣大的普遍的時代形象，而中國則是一個局部的空間範圍。這兩個概念的連接，顯然包含著一系列的空間開放與地域融合的問題，也就是說「中國」這個有限空間的韻律應該如何更好地匯入時代性的「合奏」，我們既需要「合奏」，又還要在「合奏」中聽見不同的聲部與樂器！這裡有一個十分重要的理論假定：即最終決定文化發展的是時間，是時間的流動推動了空間內部的變化——應當說，這是我們到目前為止的社會史與文學史都十分習慣的一種思維方式，即我們都是在時代思潮的流變中來探求具體的空間（地域）範圍的變化，首先是出現了時間意義的變革，然後才貫注到了不同的空間意義上，空間似乎就是時間的承載之物，而時間才是運動變化的根本源泉，我們的歷史就是時間不斷在空間上劃出的道道痕跡。例如我們已經讀過的文學史總先得有一章「五四新文化運動的發生」，然後才是「五四在北京」、「五四在上海」或者「五四新文化運動在詩歌領域裡引發的革命」、「在小說領域裡產生的推動」、「在戲劇中的反映」等等。這固然是合理的，但從另一方面來說，它所體現的也就是牛頓式的時空觀念：將時間與空間分割開來，並將其各自絕對化。在這一問題上，愛因斯坦的「相對論」是從打破時空絕對性的立場深化了我們對於時間、空間及其相互關係的認識。在這方面，被譽為繼愛因斯坦之後最偉大的科學家的史蒂芬·霍金有過一個深刻的論述：

　　　相對論迫使我們從根本上改變了對時間和空間的觀念。我們必須接受的觀念是：時間不能完全脫離和獨立於空間，而必須和空間結合在一起形成所謂的時空的客體。〔註1〕

　　這是不是可以啟發我們，在所有「時代思潮」所推動的空間變革之中，其實都包含了空間自我變化的意義。在這個時候，時間的變革不僅不是與空間的變化相分離的，而且常常就是空間變化的某種表現。中國現當代文學決不僅僅是西方「現代性」思潮衝擊與裏挾的結果，它同時更是中國現代知識分子立足於本民族與本地域特定空間範圍的新選擇。只有充分認識到了這一事實，我們才有可能走出今天「質疑現代性」的困境，為中國現當代文學尋找到合法性的證明。

〔註1〕 史蒂芬·霍金：《時間簡史》第21頁，湖南科學技術出版社2002年版。

　　在時間變遷的大潮中發現空間的本源性意義，這對我們重新讀解中國當下的文學，重新展開「全球化語境中的中國文學」這一命題也很有啟發性。比如，當我們真正重視了空間生存的本源性地位，那麼我們就會發現，從表面上看，這是一個普遍性的時間和一個特殊空間的問題，但在實質上來說，其實所包含的卻是中國自身的「空間」與全球化的「時間」的問題，所謂「全球化」，與其說是一個普遍的時代思潮，還不如說西方人的生存感受。是中國的經濟方式與生活方式在某種意義上匯入了「全球性」的漩流之中，於是，他們將這一感受作為「問題」對包括中國人在內的其他人提了出來，自然，中國人對此也並非全然是被動的對於外來「時間」的反應，他們同樣也在思考，同樣也在感受，但他們感受與思考的本質是什麼呢？僅僅是在「領會」外來的思潮麼？當經濟開發的洪流滾滾而來，當國際的經濟循環四處流淌，當外來的異鄉人紛至遝來，當接受和不能接受、理解和不能理解的文化方式與宗教方式，生活方式與語言方式都前所未有地洶湧撲來，中國的精神世界是怎樣的？中國的文學又是怎樣的？很明顯，在貫通東方與西方、全球與中國的「時代共同性」的底部，還是一個人類與民族「各自生存」的問題，是一個在各自具體的空間範圍內自我感知的問題。

　　理解中國當下的文學，歸根結底還是要理解中國人自己的感受。這裡的「全球化」與其說更具有普遍性還不如說更具有生存的具體性，與其說可能更具有跨地域認同性還不如說可能包含了更多的地域分歧與衝突的故事，當然，也有融合。既然今天的西方人都可以在連續不斷的抗議和攻擊中走向「全球化」，那麼，我們為什麼不是？所要指出的是，在文學創造的意義上，這裡的抗議與拒絕並非簡單的守舊與停滯，它本身就是一種「有意味」的姿態，或者，它本身也構成了「全球化」的一部分。

2019 年 12 月改於成都長灘

序：補充和啟發

讀過袁老師關於顧長衛的那篇論文《第六代導演： 忠實於時代記錄和敘事功能的恢復——以顧長衛的〈孔雀〉為例》（載《浙江傳媒學院學報》2012年第 6 期），心有疑惑，認為標題中「敘事功能的恢復」不妥當。因為在路易斯・賈內梯對電影分類（故事片、紀錄片和先鋒電影）的表述中不難發現，敘事是故事片的基本特徵和要求，即故事片應該也必須敘事。但是按照袁老師論文標題中「敘事功能的恢復」的這種表述方式，很容易讓人誤解，以為袁老師認為《孔雀》出現之前的中國電影是不敘事的，或者說敘事功能缺失。於是找袁老師當面探討，這才知道其本意如下：由於（在《孔雀》之前的）大部分中國電影片面強調教化功能，說教意味過濃，很少通過以故事敘述的方式讓觀眾理解並認同創作者的意圖。

可是我認為，雖然此前的影片說教意味甚濃，但不等於喪失了敘事功能，只能說是在創作的過程中敘事特性被弱化。為避免袁老師被人誤讀，或陷入不必要的解釋，我對袁老師提出，關於顧長衛的那篇論文，標題中的「敘事功能的恢復」可以考慮改為「敘事特性的強化」，即此前的影片的教化痕跡過重、敘事特性被弱化，《孔雀》一片的意義在於敘事特性再度被放到應有的位置上來。討論完這篇論文，袁老師說，正要出書，還沒有人寫序，不如你來吧；於是給了我全部書稿，於是有了以下妄稱「序言」的文字。

袁老師選取了 2001 年至 2012 年的中國電影（包括臺灣和香港）中的 12部，以其獨有中國電影的分類體系對這些影片做了剖析。在已知的左翼電影和國防電影的分類之外，袁老師認為中國電影還有舊市民電影、新市民電影和新左翼電影。這種分類，為中國電影的發展走向劃出了一條清晰的脈絡，

將當下的國產電影和 1949 年前的中國電影、「十七年電影」，以及新時期的中國大陸電影用一種歷史的眼光進行觀照，得出中國電影的暴力、先鋒、世俗等特性，是如何在不同時期被繼承與發展的，對當下的電影創作有著切實的指導意義。因此，讀懂袁老師，先要理解他所提出的舊市民電影、新市民電影和新左翼電影各自的特徵。

在袁老師電影分類體系中，1932 年之前的中國電影都可以歸為舊市民電影（時代），其特徵是宣揚傳統倫理道德、「思想意識與審美趣味大多落後於時代」。新市民電影則在追求娛樂性的同時，呈現出保守的政治立場，既不與主流意識形態發生衝突、又有意與主流意識形態拉開距離，以取悅市場；還有「主題與思想多有世俗哲理內核，即體現庸俗哲學或大眾哲學觀念」、奉行新技術主義、視聽手段追求新穎並不惜成本，而且以「喜劇性結構規範內容、人物和場景，並以大團圓收束全片」等特徵。

至於所謂「新左翼電影」，袁老師認為在繼承了 1932 年至 1936 年期間左翼電影的階級性、暴力性、宣傳性特徵之後，其「新」在於，將許多 1949 年以後國家行為的宏大敘事中被屏蔽和忽略的社會現實與歷史場景予以人文觀照，從個體角度回望邊緣人物和弱勢群體的歷史命運並給予溫情撫慰──創作於 1990 年代以後的第六代導演的作品都包括其中。譬如賈樟柯的《小武》（1997）、《站臺》（2000）、《任逍遙》（2002），王超的《安陽嬰兒》（2001）、《日日夜夜》（2004），李楊的《盲井》（2003）、《盲山》（2007），以及顧長衛的《孔雀》（2005）、《立春》（2008）等。

瞭解了袁老師所提出的新市民電影、新左翼電影的特徵，就不難發現當下電影作品與這兩個分類的契合度，也能看出當下的中國電影作品與之前各個時期的電影作品在創作觀念上的延續性。即新市民電影如何在不同時期表現出不同的保守立場、又是如何吸收自身所處歷史時期思想文化中的積極因素和電影藝術的新形式不斷創新；新左翼電影又是如何繼承了 1930 年代左翼電影的反叛特質，在當下呈現出一種新的形態。理解了這些就很容易明白為何賈樟柯、王超、李楊等人導演的電影可以歸類為新左翼電影，這些作品與 1930 年代的左翼電影的關聯性何在；也不會困惑為何同樣是姜文導演的電影，《陽光燦爛的日子》（1994）、《鬼子來了》（2000）、《太陽照常升起》（2007）被歸類為新左翼電影，而《讓子彈飛》（2010）卻被劃入新市民電影的範疇。

　　袁老師的這種電影分類體系，有助於將陷入尷尬境地的中國電影導演代際劃分做了一個體面的終結。導演代際劃分在當下的創作格局中已經難以準確地描述導演的創作特點，比如第五代的攝影師顧長衛，他轉型做導演後的作品是無法與第五代導演作品的標誌性風格關聯上的；又比如，第五代導演的代表性人物陳凱歌的《搜索》一片，與第五代的創作風格也並沒有什麼明顯的關聯性。而且，一些導演也不太認同這種劃分方式，比如賈樟柯認為所謂的第六代導演這種劃分是有問題的，王小帥也覺得未來也不會有什麼第七代導演這樣代際劃分。

　　理解了袁老師的電影分類體系，既可以準確定位當下的電影創作在中國電影史所處的位置，又能在創作格局的動態變化中準確地把握當下電影創作的特徵和創作觀念的延續性。袁老師說，看完他的論文和書稿要提意見，所以接下來，我要談一下個人對袁老師的學術觀點的一些補充看法而不是意見。因為我對袁老師的研究成果並無不認同，而是覺得可以補充一些文字有助於讀者理解他的觀點。

　　保守的政治立場、新技術主義、喜劇性結構、主題思想多有世俗哲理內核，是袁老師對新市民電影特徵的總結。在我看來，這幾個特徵也可以進行同類項合併。袁老師所說的「新技術主義」是指新市民電影在創作上追求新的電影技術製造的視聽效果以迎合觀眾需求，他以1933年的首部有聲片《姊妹花》作為例證。而我個人認為，採取新的技術手段來吸引觀眾是新市民電影表現出的一個現象，其本質是為觀眾製造視聽快感，而且這種視聽快感的製造不僅僅基於新的技術手段的應用，還包括視聽語言本身的運用。

　　關於新市民電影以「喜劇性結構規範內容、人物和場景，並以大團圓收束全片」的這個特徵，在表述上將新市民電影侷限在喜劇這個電影類型之下，排除掉了其他類型的電影。比如袁老師用來作為例證的《讓子彈飛》一片的確有喜劇元素，但影片並不是一個喜劇。建議這個表述調整為：新市民電影以類型化的敘事方式結構全片。所以，我在這裡將袁老師原來的「新技術主義」和「喜劇性結構」補充並合併為一個特徵，即新市民電影追求娛樂性，通過類型化的敘事和視聽快感的製造來取悅觀眾。

　　至於新市民電影保守的政治立場和主題思想多有世俗哲理內核的這兩個特徵，其實與新市民電影追求商業回報的製片觀念有很大的關聯性。因為影片要能公開發行，影片的立場就不能和所處歷史時期的主流意識形態相衝突；

影片要廣泛為觀眾所接受，影片倡導的價值觀就不能過於超前，而是採取主流大眾所認同的價值觀。這種「求財不求氣」的做法是製片方權衡的結果，既要討好官、又要討好民，是一種世俗性的考量。在此把袁老師提出的兩個特徵合併為一個特徵，即新市民電影具有一定的世俗性，政治立場和價值觀念相對保守。

在分析姜文的《讓子彈飛》時，袁老師指出，作為一部新市民電影，《讓子彈飛》中有大量刺激觀眾產生視聽快感的段落，比如片中「火車飛舞的特效合成，以及對《送別》、迎賓鼓樂、《太陽照常升起》主題曲等歌舞元素的多次應用」。而姜文之前的三部電影被袁老師歸為新左翼電影，「由於主題思想以及題材自身的豐盈和銳利已經具備強大的顛覆力量，因此許多作品反而不太需要歌舞元素甚至有意消滅，以免沖淡和掩抑其意識形態色彩」。袁老師還結合 1933 年的新市民電影《姊妹花》（有聲片）和 1934 年的左翼電影《神女》（無聲片）進行對比分析，指認了這一現象的起源和延續。

在此對袁老師提出的這一話題作一個延伸，即新市民電影為追求娛樂性，製造視聽語言帶來的快感，從影片創作的角度來說，側重強化角色的外部動作，內心衝突相對較弱，因為角色外部動作是容易製造視聽快感的元素；新左翼電影為強調自身的思想性，會側重強化角色的內心衝突，角色的外部動作相對較弱，即強調價值取向的對抗、情緒情感的對抗，而不是肢體動作以及肢體動作延伸上的對抗。

在分析《安陽嬰兒》時，袁老師認為該片的鏡頭運用呈現出了第六代導演影片鏡頭的一個共性，即殘酷的真實。但袁老師認為這種畫面是不美的，「馮艷麗坐著吃飯有什麼美學效應？《小武》和《任逍遙》中，一路跟過去，美在哪裏？滿地垃圾，沒什麼好人和好事兒。再看《安陽嬰兒》，也是到處都是破破爛爛的，追求什麼鳥美學效應？所以說，這裡，導演的動機不是追求什麼美學效果而是恰恰構成反諷」。

袁老師這段話容易讓人誤以為他的意思是這種不追求唯美效果的畫面沒有美學觀念指導。在此補充的是，畫面不唯美，不等於沒有美學觀念指導，第六代導演的畫面或多或少都受了新現實主義電影作品的影響。拍攝條件的限制和創作觀念的轉變，使得這種看似不美的畫面，其實也經過了藝術化的設計，可以說是紀實美學觀念指導下的畫面創作。

　　結合上述我對袁老師這兩個方面內容的補充：新市民電影和新左翼電影在角色外部動作和內心衝突上的比較，以及新左翼電影畫面所體現的美學觀念，可以把兩種不同分類的電影的創作指導觀念做一個簡單的概括，即新左翼電影強調的是紀實美學指導下的審視，新市民電影側重的是類型化敘事製造的狂歡。

　　以上補充的幾點，是我讀袁老師的論文和書稿時的一點心得，或者說是袁老師的研究對我自己研究的問題的一些啟發。這些啟發表明，深入的研究和好的文章總會給人眼前一亮的感覺，正如崎嶇山路上燃起的火把、幽暗洞穴中亮起的燭光。袁老師的研究和著述正是如此。

李風逸

2013 年 5 月 25 日於海南

注：作者為中國傳媒大學電影學專業創作方向 2005 級（2008 屆）碩士研究生，
　　本文係《新世紀中國電影讀片報告》（中國傳媒大學出版社 2014 年 1 月版）
　　的《序》。

答客問，代「前言」

甲：為什麼這本書叫「黑旗袍」，而不叫「超短裙」？你又不是民國人，思想就那麼不開放嗎？

答：你要是多看一些民國時期電影就會發現，旗袍幾乎就是近現代中國女性的國服。那時對女性美的要求多追求全身的線條美，至少不以平胸為醜，對大胸的審美需求是從 1940 年代中後期開始的，受美國電影和西方的審美標準影響漸大。其次，從 1920 年代到 1930 年代，旗袍的領口、袖子和下擺越來越短，到 1940 年代，雖然有些中西混搭的風格，但旗袍始終是本土文化的產物和象徵。又次，超短裙在中國大陸出現的背景是 1980 年代，二者不是一個時代的事物。最後，您也同樣沒有去過「民國」，何以知道那時的思想不及現在開放？

乙：請問這本書命名為「黑旗袍」有何寓意？

答：談中國的事情，無論論說者的立場怎樣，都不能離開對象本身。2000 年前後的中國大陸電影，既是中國大陸文化的重要分支，又是第六代導演逆風飛揚的時期。以他們為代表的新生代導演和作品，是中國電影的希望。從精神上，他們承接了民國時代形成的中國電影傳統，而在繼承第五代導演視聽語言風貌的同時，又有意識地去除了主流話語中狹隘的民族主義觀念，進而形成對外來文化既抗衡又融合的態勢，最終承繼和守護的是中國人的歷史傳統與精神家園。當然我得首先聲明，任何一個人的意見都不無偏見的嫌疑，這句話我首先針對或者說侷限於我自己。所以，我「後記」中說，書中的論說有一種「霧裏看花」的後果。我只代表我自己。而我的能力有限、視野有限，能克服的我都克服了，剩下的，就是我的真實意見，供大家批判。

丙：現在的觀眾很少看中國電影，甚至電影專業的學生也不愛看。包括第六代導演在內的那些新生代導演的電影就那麼好看？

答：看看民國時代也就是 1949 年前的中國電影，你就會知道中國百多年來歷史發展的由來，看看 2000 年以來大陸電影中的經典之作，你就會明白中國大陸社會的現狀和中國大陸文化的未來走向。學什麼不重要，重要的是，首先得明白自己是什麼人，做什麼事，這一生應該怎樣度過。生為中國人，死了以後，你的魂靈總不能到其他民族的廟堂寺院去安息吧？就算地球是個村，村裏也有街道房舍、各家各戶，你總不能把自個兒安排在大街上或哪個犄角旮旯等著投胎吧？那不成了孤魂野鬼了嗎？

丁：這本書怎麼就寫了 12 個電影？就這幾個好？別的都不行？

答：近十年來我雖然一直用講義的形式回顧以往的中外經典電影，但主要精力集中於兩部分，一是 1949 年前的民國電影，因為那是中國電影文化的根；二是 1949 年以後，尤其是 1970 年代末期進入中國大陸的外國電影，那是中國大陸當代文化的葉。大致做完這些工作，再回頭看 1949 年後的中國大陸電影，以及 2000 年前後（進入中國大陸）的外國電影，你會有豁然開朗、恍然大悟的感覺。〔註 1〕

就 2000 年以來的中國大陸電影而言，值得和不值得賞析評論的電影有很多。實際上我忍不住還是寫了一些，近六、七年來成稿的有 20 篇左右。譬如：《鬼子來了》（2000）、《站臺》（2000）、《十七歲的單車》（2001）、《安陽嬰兒》（2001）、《任逍遙》（2002）、《我愛你》（2003）、《盲井》（2003）、《日日夜夜》（2004）、《茉莉花開》（2004）、《世界》（2004）、《天下無賊》（2004）、《孔雀》（2005）、《青紅》（2005）、《看上去很美》（2006）、《江城夏日》（2006）、《瘋狂的石頭》（2006）、《太陽照常升起》（2007）、《立春》（2008）、《三槍拍案驚奇》（2009）、《讓子彈飛》（2010）。按照每年一個片子的模式，此次特意補了一個《鋼的琴》（2011）。臺灣的《媽媽再愛我一次》（1988）和《臺北晚 9 朝 5》（2002）都是 2004 年就寫好的，

〔註 1〕做這個《答客問》的時候，我手頭的「1949 年後外國電影在中國大陸的傳播和影響」還都停留在手稿階段，只有很少幾篇文章被大陸雜誌（刪節後）選用。現在，這些文章的原始稿已經結集為《黑乳罩：1949 年後外國電影在中國大陸的文化傳播和世俗影響》（上下冊），加入「人民共和國文化與文學」叢書二編，由臺灣花木蘭文化出版社 2015 年出版。敬請參閱。

為了照應書名中的「中國」從中選了一個，就再加了一個香港的《桃姐》（2012）。

戊：那為什麼只從中選取了 12 部？漏了王朔——記得您時常在課上說，他可以得諾貝爾文學獎。

答：屬於王朔的（小說和電影）打算單獨成書，所以，根據他的小說（**《過把癮就死》**）改編的**《我愛你》**（2003）和（根據同名小說改編的）**《看上去很美》**（2005）就暫時割捨（**兩片的導演均為張元**）。二十多年來，我一直關注王朔，他的小說我奉為經典，無比熱愛。王朔應該得「諾獎」的話是我十年前說的，謝謝你還記著。我手頭還有兩項與他有關的校級科研課題，初稿都寫好了，但因為沒地方發表，也沒錢出書，所以這些年來就一直沒有結項。其他的，只能從已有的成稿中選擇，而且一年只能選一部，就成了現在這個樣子。

己：《鬼子來了》為什麼沒有選？講到中國電影，總聽到您也特別推崇姜文。

答：我把它算在 2000 年之前的那個時期了。這個片子太偉大了，應該放在中國電影史上承前啟後的地位去看待。2004 年我曾講了一遍，現在看還是沒有講透。因為 1950～1989 年這一段中國大陸電影的個案讀解只寫了三、五十部，還沒有全部完成。而不講通這一段歷史，《鬼子來了》就沒法講清楚。

庚：賈樟柯的片子一部也沒有選，據說您對他的前期作品評價很高，只是不愛看《小武》。

答：有《站臺》（2000）、《任逍遙》（2002）和《世界》（2004）的講稿，但因為一年只能選一部，暫時忍痛割愛。

辛：可這 12 個電影中，王超的片子就佔了 3 部，這又是您的最愛，還是您的偏見？

答：質疑得好。可《安陽嬰兒》和《日日夜夜》確實不同凡響，前者的歷史意義和社會價值可以與《鬼子來了》比肩，後者與李楊的《盲井》一道，是《看上去很美》的鄉村版，開掘深刻，一覽眾山小。《江城夏日》票房不好，我忍不住抱不平，我認為它代表著中國大陸電影的方向。如果你對民國電影多有體認，就會明白其中道理。高票房都是**舊市民電影**和**新市民電影**，**左翼電影**、**國粹電影**都賣不了錢。大眾從來都是愚昧的，否則何來精英階層一說？第六代（導演的作品）基本上屬於新左翼電影。

壬：如果把這些電影與外國電影尤其是西方電影相比較呢？譬如歐美
的……。

答：中國電影幹嘛要和外國電影比較？文化一樣嗎？歷史一樣嗎？社會生態
一樣嗎？

癸；但是外國電影理論……

答：中國電影一定要引用借助外國電影理論才可以說話嗎？沒有外國電影理
論中國人就沒辦法拍電影、看電影、談電影了嗎？西方的思想理論害得
中國人還不夠嗎？「多談些問題，少談些主義」，胡適和他的論斷至今沒
有過時，前提是要像魯迅那樣「睜了眼睛看」。對不起，我總說自己是個
農民。這話其實並無多少貶義，因為中國農民有許多好的傳統，譬如實
事求是、信奉「天人合一」……。〔註2〕

袁慶豐 2012 年 10 月 10 日

記於北京東郊梆子井觀天閣

〔註 2〕本文最初收入《新世紀中國電影讀片報告》（288p，265 千字，中國傳媒大學
出版社 2014 年 1 月版，「中國影視文化軟實力研究」叢書之一）時，出版社
審查委員會不僅不允許我使用原來的書名，還刪除了前四個自然段（兩個問、
答，即黑體字部分）。由於我的幾次異議和申訴，責任編輯在此文文末加了
一個「注」，曰：「作者原本打算將該書命名為《黑旗袍——新世紀中國電影
讀片報告》（節選版），為本套叢書整體命名風格，故改為現名，特此說明」。
此次編輯成書，用的是原始稿（當初被刪除的部分均以黑體字標注）。特此
申明。

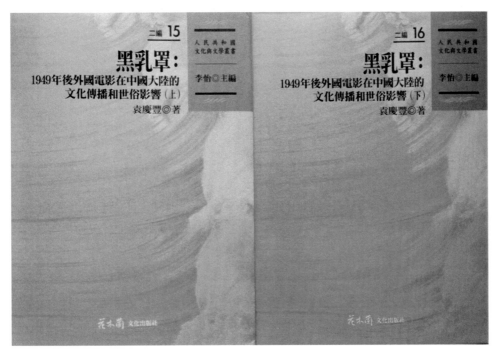

圖片說明：《黑乳罩：1949年後外國電影在中國大陸的文化傳播和世俗影響》，「人民共和國文化與文學叢書」第二編，第十五、十六冊（P354，234千字），臺灣花木蘭文化出版社2015年9月版（ISBN 978-986-404-227-2、ISBN 978-986-404-229-6）。（攝影：姜菲）

目次

下　冊

本書體例申明

近二十年來，我始終堅持以個案研討的方式，梳理百多年來中國電影的發展脈絡和歷程，試圖建立自己對中國電影歷史的讀解體系。逐一研討的影片超過 200 部，同時留有相同數目的論文初稿。對 1949 年前中國電影的討論，約有一半的初稿修訂後在雜誌上公開發表，隨後結集為《黑白膠片的文化時態——1922～1936 年中國早期電影現存文本讀解》（上海三聯書店 2009 年版）、《黑夜到來之前的中國電影——1937 年現存國產影片文本讀解》（中國廣播電視出版社 2012 年版）兩書在內地發行。

2013 年後，因有幸得到首都師範大學王家平教授的推薦，我將這些論文的未刪節版（配圖）及增補的個案研討，分編成冊，加入北京師範大學李怡教授主編的「民國文化與文學研究」叢書，由臺灣花木蘭文化出版有限公司印行了海外繁體字版。計有：《黑棉襖：民國文化中的舊市民電影——1922～1931 年現存中國電影文本讀解》（2014）、《黑馬甲：民國時代的左翼電影——1932～1937 年現存中國電影文本讀解》（2015）、《黑皮鞋：抗戰爆發前的新市民電影——1933～1937 年現存中國電影文本讀解》（2016）、《黑布鞋：1936～1937 年現存國防電影文本讀解》（2017）、《黑棉褲：抗戰全面爆發前的國粹電影——1934～1937 年現存文本讀解》（2021 年即出）。不在上述範圍的新論文，則結集為《黑草鞋：1937～1945 年現存抗戰電影文本讀解》，亦將在本年度付印——以上結集，研討的影片大致有 60 部左右。

討論 1949 年後中國電影的這部分論文，能在內地公開發表的相對不多。和那些討論民國電影的論文一樣，除了退稿，但凡發表，更多是遭遇不同程度的刪節。2014 年，我將研討 2001～2012 年間的 12 部電影的論文結集為《新

世紀中國電影讀片報告》，交由㴑校出版社印行。此次以增補和修訂版面目，加入李怡教授主編的「人民共和國文化與文學」叢書，（順便需要報告的是，我對 1949 年後進入中國大陸公映的外國電影也專門開設過研討課程並有超過百篇論文初稿，2015 年，我把我在雜誌上公開發表的論文結集為《黑乳罩：1949 年後外國電影在中國大陸的文化傳播和世俗影響》，並已加入「叢書」第二編出版）。

按照我十幾年來的結集成書慣例，請讀者諸君注意如下格式：

甲、本結集中所有以個案形式讀解的影片，其版本與來源均為中國大陸市場上公開售賣的碟片或從正規網站上合法獲得的視頻。影片均按照其出品年月或公映時間排序。其時長標注，均以 VCD／DVD 版本或網絡視頻之實際時長為準，因此，可能會與相關資料譬如 IMDB（Internet Movie Data Base，互聯網電影數據庫）的標注有些許出入。

乙、每章正文前面的**專業鏈接 2** 本應像以往討論民國電影一樣，照錄原片片頭片尾的中英文字幕以及《演職員表》，但慮及 1990 年代以後電影的片頭片尾字幕名目繁多、文字冗長，為方便讀者計，一律割捨，以現今讀者更關心的影片獲獎情況取代，只在**專業鏈接 1** 中介紹主要信息。**專業鏈接 3：影片鏡頭統計**均由我的研究生代為完成，數據肯定會與編導的意圖和劃分、歸類和標準多有出入或不同，尚祈理解亦期待方家指示。考慮到包括研究者和影視專業學生在內的觀眾，未必都會對我讀解的每部影片有完整耐心、反覆研讀的興趣，故根據我歷年的研究心得和學生課堂觀摩反應，給出了**專業鏈接 4：經典臺詞選輯**與**專業鏈接 5：影片觀賞推薦指數**，其出發點和選擇標準，純屬個人體會、品味和判斷，僅供參考。

丙、此前所有曾收入《新世紀中國電影讀片報告》之章節，為讀者讀取時對比方便計，原先各章的主標題、副標題以及正文中的小標題等，基本保留原有格式和表述不變，唯將原正文中所有序號，譬如一、二、三、四等，統一改為甲、乙、丙、丁等，小標題或分論點序號，譬如 1、2、3、4 或（一）（二）（三）（四）等，均改為子、丑、寅、卯等。

丁、鑒於眾所周知的原因，所有論文和書籍在內地發表和出版時都會因為技術或非專業原因被不同程度地改動或刪除。故此次新版，除訂正已發現的錯訛文字或標點符號外，全部恢復我最初原始稿的本來面貌，並用黑體字表示是被刪除之部分；被刪除之圖片則另有專門文字說明；同時，將當初雜

誌發表版的內容摘要和成書版的**閱讀指要**酌情整合，二者的些許**參考文獻**條目亦酌情整合，並將前者的英文摘要附在每章文末，（當初沒有的，現今統一補入），以資檢索。因此，我特別於每章的最後一條注釋中，對其在雜誌上發表及兩次結集成書的修訂情況等信息，逐一做了詳盡具體的交代，敬請核查。

戊、此次新版，整體保持原《新世紀中國電影讀片報告》出版格局，新增部分，除**扉頁獻詞**置於前部，第十三章順序排列外，其餘均作為**附錄**附呈。

己、本結集對 1949 年以來中國大陸、臺灣、香港電影文本的實證性討論，均建立在二十年來我對 1949 年前現存中國電影文本（乃至 1949 年以後進入中國大陸的外國電影）的討論前提和基礎之上，無論研究主旨、思考脈絡還是書寫體例、表達格式甚至藝術賞鑒趣味，都是一脈相承、相互呼應、自成體系的。因此，對我的讀解和觀點，尚祈讀者諸君參照已出版的著述對比批判。

庚、本結集中所有文字，均以我歷年來在校內外本科生、研究生課堂教學中使用的演講錄音／錄像原始稿為基礎，雖經多次補充、完善並最終修訂成文，但並沒有從根本上改變個人固有觀點和一己論證體系。由於研討時間、聽課對象以及演講場合的不同，在涉及多部電影相同的時代背景和藝術發展脈絡時，不得不保留多有近似甚至是重複性的觀點、表述以及同樣的參考文獻。考慮到讀者讀取時的理解方便，對此基本上不做大的改動或刪削，依然保持各篇章（影片）相對獨立、自成體系的面貌，以盡可能復原現場觀摩後的感性氛圍和觀照角度。

辛、本結集中的一切文字表述，但有借鑒、參考或引用他人著述及數據、論點的情形，我都已嚴格依照學術研究之慣例通則，逐一鄭重注明了詳細出處，不敢掠美。本結集中所使用的所有影片截圖，無論其版權是否失效，亦均盡可能詳細地注明了來源出處。除非引用，本結集所有見解和觀點的表達，都一如既往地堅持使用第一人稱單數，以表明本人獨立完成研究的學術原創性立場，以及對論述中出現的所有個人見解和學術觀點持負責之嚴肅態度。

袁慶豐 庚子正月謹啟
北京東郊定福莊養心廊

圖片說明：《新世紀中國電影讀片報告》（288p，265 千字，ISBN 978-7-5657-0852-7）中國傳媒大學出版社 2014 年 1 月版）封面（右）／封底照。此書原名為《黑旗袍：新世紀中國電影讀片報告（節選版）》，但出版前審查委員會認為，這樣的書名涉嫌色情與暴力，不能使用；另外，書中諸多稱謂、字句、段落乃至插圖，亦被修改或刪除。（攝影：姜菲）

2001 年：《安陽嬰兒》
——視角流變與顛覆性表達

圖片說明：在中國大陸市場上公開銷售的《安陽嬰兒》DVD碟片之封面、封底。

內容指要：

　　無論是小說還是電影，《安陽嬰兒》的主題和表達都具備顛覆性的思想和藝術特徵。就電影而言，它恢復了 1930 年代中國電影的平民性藝術本體視角，不無悲憫地表現當代城市社會中，底層社會的底層和弱勢群體中的弱勢成員，亦即下崗工人和性工作者的現實處境。而影片的對話性鏡頭和電影人物語言的歷史性改觀，又意味著中國大陸第六代導演對權力話語體系的集體出逃和全面翻盤。

關鍵詞：小說；平民化視角；第五代導演；第六代導演；工農階級；暴力內涵；

專業鏈接 1:《安陽嬰兒》(故事片,彩色),2001 年 5 月出品;法文片名:Anyang de guer,DVD,時長 81 分鐘。根據導演 2000 年發表在中國大陸的同名小說改編;Les Films du Paradoxe。本片未能在中國大陸公映。

　　>>> **編劇、導演**:王超;**攝影**:張曦;**錄音**:王或;**美術**:李剛;**剪輯**:王超、王綱;**副導演**:鞏固;

　　>>> **主演**:祝捷(飾妓女馮豔麗)、孫桂林(飾失業工人大崗)、岳森誼(飾黑社會頭目四蛋)。

專業鏈接 2:影片獲獎情況:2001 年:美國第 37 屆芝加哥國際電影節費比西國際影評人聯盟獎,第 44 屆法國貝爾福國際電影節最佳外語片獎,第 41 屆法國亞眠國際電影節最佳亞洲電影獎;2002 年:第 19 屆法國昂諾內國際處女作電影節最佳影片獎,美國聖巴巴拉國際電影節最佳外語片獎[1] P148;紐約新導演、新影片國際電影節作品獎,挪威特羅姆斯國際電影節最佳影片獎,比利時勒瓦爾國際電影節最佳影片獎,印度喀拉拉國際電影節最佳影片獎,阿根廷國際獨立電影節天主教聯盟獎[2]。

專業鏈接 3：影片鏡頭統計

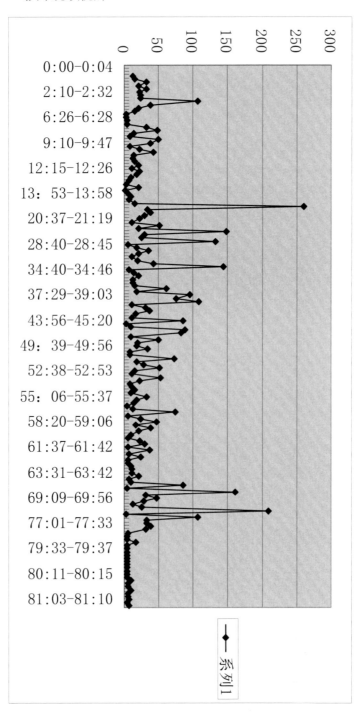

說明：全片時長 81 分鐘，共計 150 個鏡頭。其中，小於等於 5 秒的鏡頭 16 個，大於 5 秒小於等於 10 秒的鏡頭 22 個，大於 10 秒、小於等於 15 秒的鏡頭 23 個，大於 15 秒、小於等於 20 秒的鏡頭 15 個，大於 20 秒、小於等於 30 秒的鏡頭 28 個，大於 30 秒、小於 1 分鐘的鏡頭 31 個；大於 1 分鐘的鏡頭 19 個；其中，大於五分鐘的鏡頭 1 個；大於 30 秒的長鏡頭共 55 分鐘，占總時長的 68% 。

（圖表製作與數據統計：李豔；覆核：李梟雄）

專業鏈接 4：影片經典臺詞

「大哥還沒結婚吧？那這孩子你一人能帶麼？」——「能。能帶」。

「這 200 元，是這個月孩子的撫養費。多買點好吃的，別餓著，下一次再呼我。吃飽了沒？」——「中啊」。

「你摸誰了你？傻逼。耍流氓吧你，你幹什麼！你做啥了你？你打！瞧你個逼樣。臭不要臉的。滾！」——「誰摸你了？你才是傻逼，你才耍流氓了。打你！你成心瞎鬧。我打死你！」

「把你賣 B 的錢交出來」——「我用賣 B 的錢養你的兔崽子啦！」

「跟那個婊子說，再不給錢就給她好看」——「好的，老闆」。

「你那廠幾千人都下崗了？」——「下不下都不好」。

「發工資了吧？一個不發？」——「一個都不發」。

「你們領導，第三次化驗結果已經出來了，我們診斷的結果是血癌，而且已經是晚期了」。

「是不是聽說我快死了……停車！我要看看黃河！」

「四蛋，你理髮了？」——「現在城裏流行這個」——「四蛋，你沒有理髮，你是不是掉頭髮了？」——「媽，你咋知道？」——「你爹死的時候，就是一根一根掉頭髮」——「媽，這是咋回事啊？」

「你該成個家，有個後！」

「小姐，我今天想把孩子還給你」。

「你別做小姐了」──「不做小姐又能做什麼？」──「那你來我這做吧，我來帶孩子」。

「大剛，我想等開春就不幹了」。

「豔麗，上次我打你是我喝多了，我聽到說你幹那事情，我絕對吃醋。那孩子，該是我的，這孩子我認，孩子還是由我來養吧！」──「這孩子，說實話不是你的！」

「如果我死了，你別虧待這孩子，他是我的後」。

「大哥，你看到一個抱小孩的男的了麼？」──「看見了！」

大強哥有点小事想叫你帮忙　　　　我也下岗了我手头有点紧

專業鏈接 5：影片觀賞指數（個人推薦）：★★★★★★

甲、前面的話

2000 年，王超先是在中國大陸發表了中篇小說《安陽嬰兒》。然後於 2000 年底～2001 年初自任導演，將其拍成同名電影，這是他的第一部電影[1] P147~148。2001 年 5 月，影片入選第 54 屆戛納國際電影節「導演雙週」，沒聽說獲獎，但在參展的時候獲得好評，因為凡是參展的電影，觀眾都是要自己買票的[1] P168。同年 10 月，《安陽嬰兒》參加第 37 屆芝加哥國際電影節，獲費比希國際影評人聯盟大獎；11 月，獲第 44 屆法國貝爾福國際電影節最佳外語片獎；12 月，獲法國第 41 屆亞眠國際電影節最佳亞洲電影獎；還是 12 月，中篇小說《安陽嬰兒》的法文版在巴黎出版；2002 年 2 月，影片獲第 19 屆法國昂諾內國際處女作電影節最佳影片獎；3 月獲美國聖巴巴拉國際電影節最佳外

語片獎[1] P147~148。因此，今天要討論的《安陽嬰兒》不是師出無名，而是師出有名〔註1〕。

圖片說明：從 1990 年代出現到 2000 年前後，影片沒有或不能在中國大陸公映，幾乎成為第六代導演的 LOGO。雖然一直有人認為其有集體轉型的趨勢，但是否如此還有待觀察。這需要時間。

從上面的世俗化介紹，就會看出第六代導演及其影片的外部特徵：地下製作；超短期製作，（譬如，《安陽嬰兒》拍攝期僅為 21 天[1] P169）；低成本投入；以及未經中國大陸官方批准自行參加境外電影節，獲獎後再返回內地，繼而產生更大影響。第六代導演作品的內部特徵，就《安陽嬰兒》而言，就像導演自己供述的那樣，用「最簡單的方式，面對中國真正的日常生活，以及在這個日常中間流露出的悲劇感」，因為，「中國生命的本相我們從來沒有揭露過」[1] P169。

〔註 1〕凡是沒有注明具體獲獎時間的獲獎信息，均源自互聯網；有具體獲獎時間的信息轉引自程青松、黃鷗：《我的攝影機不撒謊：六十年代中國電影導演檔案》（中國友誼出版公司 2002 年 5 月版），第 148 頁。

　　第六代導演之所以能夠與第五代導演有本質性區別，主要原因在於其作品的內部特徵和精神內涵。簡單地說，是藝術上的革新與思想上的革命的區別[3]。比較通俗化的學術界定，是因為第六代導演沒有第五代導演「那樣相同的背景和相同的訴求，他們在主流意識形態和無序而嚴峻的市場的雙重壓抑下艱難地成長。他們要承受著來自上一輩甚至是同代人的不滿和批評，自己的作品很難為圈外人所熟悉，卻成為國內外大眾媒體的話題」[4]。

圖片說明：從影像風格和人物形象上看，中國大陸第六代導演對第五代導演的視聽語言模式多有承接。但代際之別不在形式在內容，第六代全面顛覆了第五代的精神氣質、電影理念和審美標準乃至藝術趣味。

因此，按照慣例，我大致從一個很陳舊的概念即「思想性」和「藝術性」等兩大方面，對《安陽嬰兒》做一個純粹個人化的陳述討論。在我看來，《安陽嬰兒》的平民文藝屬性、顛覆性主題及其表達、電影人物語言以及暴力內涵的文化性體現，不僅代表著中國大陸當代電影和文學在二十一世紀取得了歷史性的突破，還意味著它們在哲理層面開掘深刻、史無前例，亦即屬於新左翼電影序列。

乙、中國電影歷史的平民性和藝術本體視角流變

早在二十世紀初期，中國文藝在西方文化的強力衝擊和滲透之下，發生所謂新文化運動、形成新文學時代後，文藝界的領袖人物，如胡適、周作人，就曾經在理論層面討論過文學藝術的平民化問題。對於以往的「舊」文學，胡適主張以白話文表述的「活文學」取而代之[5] P20，周作人則以「平民文學」的概念把「人的文學」具體化[5] P20。但事實上，這種理論認識只在精英階層和精英文學中得到呼應和體現。具體地說，肇始於1915年的新文化運動和1917年的新文學，其小說、詩歌、話劇等文藝作品，一直沒有完全進入到平民的文化觀照視野當中，基本上始終侷限於至少受過中等以上教育的人群和階層。

這種現象迄今存在，譬如電臺電視臺的「評書聯播」節目，基本上不會選擇魯迅的小說，即使是獲「魯迅文學獎」的小說，其聽眾也是一個狹小的範圍。而諸如《隋唐演義》、《楊家將》、《白眉大俠》一類的通俗小說卻擁有廣泛受眾，都是些民間性特別強的東西。一些特殊的歷史時期，尤其是 1970年代「文革」後期，中央人民廣播電臺的「小說連播」節目選的都是革命小說，譬如《閃閃的紅星》、《征途》、《激戰無名川》、《新來的小石柱》、《戰地紅纓》等等。「文革」結束後的《烈火金剛》、《鐵道游擊隊》、《青春之歌》之類，雖然也影響廣泛，聽眾眾多，但都是政宣教育的副產品，與平民文藝並無屬性上的關聯。至於詩歌，無論是外國詩還是漢語新詩，幾乎成為小資的身份識別代碼，完全與大眾文化—平民文藝無關。即使在北京、上海這樣的超大型城市，話劇的文藝屬性和市場行為基本上是定向和定性的「高端」文化產品。

圖片說明：之所以說第五代導演的貢獻僅限於藝術領域，其中一個重要原因是第六代導演的作品內容具有革命性，譬如對性工作者的觀照──她們是當今中國大陸社會底層中的底層、弱勢中的弱勢。

　　那麼電影呢？中國電影從一出現就具備著大眾通俗文化的娛樂性和消遣性，主要觀眾群體以中下層市民為主，精英階層─知識分子階層很少涉足，因為它屬於城市文化中的低端消費，是「一種市民文藝」和「一種都市娛樂」[6]。換言之，電影的平民屬性與生俱來，所以電影在中國一開始就具備了這種平民化的主體視角，譬如 1910 年代的《難夫難妻》、《莊子試妻》，1920 年代的《黑籍冤魂》、《紅粉骷髏》、以及古裝武俠片《女俠白玫瑰》、《火燒紅蓮寺》（十八集）等──在我看來，1930 年代之前的中國早期電影，主要面貌只有一個，即「舊市民電影」（形態）[7]。

　　由於以新一代「海歸」為代表的新知識分子大批介入編、導行列，以及以青年學生為主體的新一代觀眾群體的形成，1930 年代的中國電影發生了質的變化。原有的、由舊式文人掌控的舊市民電影開始被新電影取代。新電影有左翼電影、新民族主義電影（**現在我改稱為國粹電影**）和新市民電影[8]。

前兩種可視為知識分子電影：左翼電影的特徵是階級性、暴力性和宣傳性，與全球化的左翼思潮相呼應；國粹電影以倡導回歸傳統文化理念為宗旨，與新文化和新文學對立的同時，又與左翼電影和新市民電影迥然不同。

左翼電影的代表人物如孫瑜、夏衍、田漢等基本上是左翼人士，國粹電影的代表，是在文化理念上與政府倡導的「新生活運動」多有重合、交集之處的廣東籍編導和電影企業家，如黎民偉、羅明祐等[8]。新市民電影有條件地抽取借用了左翼電影思想元素，更多地體現出平民文化立場和世俗視角。因為進入 1930 年代以後，中國的雅、俗文學由以往的對立，轉為互滲、互動的態勢[5] P337~339。新市民電影吸收了左翼電影的一些特點，譬如新的思想理念、新的人物形象。同時，為弱勢群體說話的左翼電影，也繼承吸收了舊市民電影的一些傳統藝術元素，譬如平民角度和敘事手法。

圖片說明：1920 年代是中國主流電影即舊市民電影一統影壇的時代。舊市民電影的文化資源來自以「鴛鴦蝴蝶派」「禮拜六派」為代表的舊文藝，內容侷限於婚姻戀愛，以鬧劇、噱頭、打鬥招徠觀眾，政治上持保守立場。(《勞工之愛情》截圖，明星影片公司 1922 年出品，故事片，黑白，無聲)。

　　換言之，1930年代中國電影的這種發展，可以說是健康、正常的分裂、分化：既有激進的、反主流的左翼電影，及其升格換代產品的國防電影，又有保守的、迴護傳統文化的新市民電影、**國粹電影**，以及**準色情**的「軟性電影」[8]。但是1937年7月全面抗日爆發以後，國統區的電影像其他藝術種類一樣，被納入到了一個為抗戰服務的軌道。抗戰八年結束以後，中國電影剛剛試圖回到它曾經嘗試的發展軌道，三年內戰又使電影處於停滯階段。1949年國共紛爭有一個了結，形成的是兩岸三地不同的電影生態格局。

圖片說明：1930年代新電影之一的新市民電影，在繼承舊市民電影主題思想的同時，又有條件地抽取左翼電影的思想元素，為的是迎合時代變化。譬如有聲片時代首部國產高票房電影《姊妹花》（故事片，黑白，有聲，明星影片公司1933年出品）。

　　順便需要提及的是，1938年之前的中國電影，全部是私營／民營電影公司主宰市場；抗戰期間，淪陷區的電影生產雖然被日偽勢力政治管控，但上海孤島時期（1937～1941）沒有出現一部「宣揚漢奸意識的影片」[9] P83；國統

區的電影製作，由於抗戰的特殊背景，抗日民族統一戰線成為天然的「政治基礎」[9]P67~68，只有由戰前國防電影延伸而來的抗戰電影。及至抗戰結束（1946～1949），官營電影基本上只能敬陪末座——幾乎回到抗戰爆發前的市場化時代。

就 1949 年以後的中國大陸電影走向而言，往上，片面地、有選擇地承接了左翼電影的精神和特徵，強化了為單一意識形態服務的功能[10]，實際上完全走向一條非平民化主體視角的軌道。如果你認為還有非意識形態化即平民化的電影出現，那也是偽平民化電影。說得再具體一點，第六代導演的作品出現之前，中國大陸電影基本上是全面意識形態化的產物。其特徵首先是官方意識形態掌控一切、貫穿始終，其次是政治說教功能和單向度灌輸無限放大，第三是完全不涉及現實生活及其真情實感，第四是陳陳相因的藝術表現手法。

除了最後一點、除了少數幾部電影（譬如張一導演、峨眉電影製片廠 1980 年出品的《楓》，黃建新導演、西安電影製片廠 1986 年出品的《黑炮事件》，周曉文導演、西安電影製片廠 1988 年出品的《瘋狂的代價》等），以及 1988 年根據王朔小說改編的四部影片（黃建新導演、西安電影製片廠出品的《輪迴》，米家山導演、峨眉電影製片廠出品的《頑主》，葉大鷹導演、深圳影業公司出品的《大喘氣》，夏鋼導演、北京電影製片廠出品的《一半是海水，一半是火焰》）之外，包括第五代導演的代表作品，其實也具備上述特點。

也就是說，今天再來看第五代導演的許多作品，發現其大致上是對主流意識形態和權力話語的一種補充和另類解釋。這個證據是：第五代導演的許多作品中，依然可以看到單一的歌頌、表彰和對歷史與現實有意無意地遮蔽、粉飾。

第六代導演的作品，平民化的主體視角得到了徹底的體現，它直接承接了 1930 年代中國電影黃金時代的精神氣質。實際上，在第六代導演的作品中，平民，也就是 1949 年以後被主流文化所襃揚的「工、農、兵」或「人民群眾」得到了起碼的正視和尊重。簡言之，在 1949 年以後的中國大陸電影中，「人民群眾」基本上是不存在的，如果存在也是以「革命人民」和「革命群眾」的面目出現。即是如此，其所涉及、表現的人民群眾，也只是一個宣教陪襯，只是一個被意識形態重新編碼了的單一符號。

圖片說明：這樣的全家福照片模式，四十歲以上的中國大陸民眾多少還有印象，就是那種屬於集體記憶的時代印象。也就是說，無論是生活多麼不易，在重大節日和特殊境況下照的相片都不無和諧。

　　譬如，你能看到人民群眾真實的生活嗎？不能。你看到的，只是捨生忘死的軍人、努力工作的工人階級、幸福得一塌糊塗的農民伯伯；如果涉及幹部階層，那些光輝形象會讓你暫時失明：譬如為了工作廢寢忘食得了肝癌的焦裕祿，累死在西藏的孔繁森，為了趕工作出了車禍的任長霞，為了少數民族的幸福發展又被累死的牛玉儒等等。

　　而在第六代導演這裡，人們看到了所謂「真實的生活」，即社會和生活的真面目。至少它是展現了這種生活真面目的一面。當然真實生活還有另外一面，那就是無處不在的幸福，娛樂至死的繁華都市，纏綿悱惻的愛情……。可惜這些與第六代導演的作品無從比較，那些所謂真實，其實實在值得懷疑。因此，第六代導演的電影表述，就成為中國大陸電影中罕見的顛覆性主題表述和另類存在。

圖片說明：這種的場景和人物，相信每一個生活在中國大陸的民眾都很熟悉。但這種熟悉，幾十年來更多的儲存在個體記憶中，極少被本土影像呈現。第六代導演的出現從根本上改變了這種不正常狀態。

丙、顛覆性主題：底層社會和弱勢群體的生存狀態

　　第六代導演的顛覆性表述，是和他們對生活本來面目的真實表述相一致的。1980 年代，作家余華有一篇影響很大的小說叫《現實一種》。事實上，現實何止一種？現實有千萬種，而生活的面目也有多面性。1949 年以後中國大陸的文藝作品，最大的癥結、罪錯就是，它只表現一種：在意識形態液體中泡製出來偽生活和偽人物，即「高、大、全」式的「假、大、空」。

　　因此，在第六代導演的作品中，你會發現它的表述打破了 1949 年以來中國大陸電影，包括第五代導演代表作在內的歷史性的視覺假象。中國人民群眾的真實生活和真實面貌，譬如礦工、「小姐」（性工作者）、下崗工人、城市貧民、執法犯法者，麻木不仁、冷漠無情的看客。這些，不僅你在以往的影片看不到，事實上你想也想不到。觀眾一直被一種虛假的幻影所籠罩，甚至一直以為生活就是那樣充滿了光明色彩。

　　第六代導演對一直處於中國社會底層的弱勢群體和邊緣群體給予飽含激情的人文關懷，因為，這些人物和他們的生活，幾十年來一直被主流社會和權力話語有意識地忽略、屏蔽和拋棄。《安陽嬰兒》是如此，張元的《北京雜種》（1993）亦然：那些地道的社會邊緣人物，與社會多數群體成員所秉承的虛假的主流價值觀念相對立，但卻大量和真實地存在。章明的《巫山雲雨》（1996）中，那個默默無聞，被當成一顆螺絲釘長年累月獨自在江心守護航標燈的單身男人，他的生活和欲望有誰關心和表現過嗎？

圖片說明：孤獨的人是強大的。但很少有人知道，這強大背後的代價是多麼慘痛，它是將人生希望和人生熱情全部拋棄後才能獲得。明白了這一點就會明白，這個孤獨沉默的男人後來的驚人之舉。

　　賈樟柯的《小武》（1997），一個小偷成為主角；《站臺》（2000）中被「正經人」唾棄的鍾萍，《任逍遙》（2002）中兩個青春期少年迷茫、痛苦的人生選擇。王小帥的《十七歲的單車》（2001），講一個到北京謀生的外地小農民工；《青紅》（2005）裏寫那些被權力意志拋棄到邊地的上海移民，展示的是

一段被國家遺忘的歷史、被踐踏的民生。李楊的《盲井》（2003），告訴你的是，底層的生命不僅是卑賤的，而且結束這個生命時，還可以換錢的。顧長衛的《孔雀》（2005），講的是小城鎮裏那些同樣被遺忘和忽略的群體：殘酷的愛情、背叛，被虐殺的夢想〔註2〕。

這些被第六代導演刻意追尋、展示出來的社會歷史和現實生活，以及那活生生的群體和命運，以往從來沒有進入主流意識形態的觀照視野，實際上是被權力話語體系有意識地屏蔽、格式化地刪除淨盡。因此，這樣的人物形象在以往的電影中根本就沒有主體現實存在的可能。如果沒有第六代導演，誰還記得那段歷史？誰還知道那些人曾經存在和怎樣消失？而這些東西，人們不僅時刻都在面對著，而且也與每個人緊密關聯：你如何能夠保證你不是被拋棄、屏蔽，和能夠逃脫噩運的那一個？〔註3〕

《安陽嬰兒》男女主人公──下崗工人大崗和性工作者馮豔麗，是近二十年來大陸社會中最弱勢的群體。這與他們的職業無關，而恰恰與他們的階級屬性即工人和農民階級有關。1949 年以後，城鄉差別使得工人階級擁有高於農民的社會和經濟地位，但這種高於並沒有改變他們在 1990 年代開始淪為弱勢群體、并始終成為社會底層的歷史和現實。大崗的「下崗」其實就是失業，因此不僅失去了生存保障，還失去了起碼的交配條件。

注意，這二者互為前提。四十歲還是單身，這正常嗎？他又不想成立一個丁克家庭，問題是誰肯嫁他？他自己的吃飯都成問題。要解決婚姻即合法交配問題，他就只有尋找更弱的階層成員──《孔雀》中的弱智男人找到的媳婦，不就是來自農村的女殘疾人？這就是底層社會弱弱結合的婚姻法則和生存邏輯──《安陽嬰兒》給大崗配的是馮豔麗，一個比他更弱勢的階層和群體的成員。

〔註2〕一般人會把與張藝謀的大學同學顧長衛劃為第五代導演，但我是按照作品的出品時間來劃分的。而且，即使是後來更年輕的新生代導演，只要其作品的主題思想與第六代接近，我也願意將其納入：年齡不是問題，問題才是問題。

〔註3〕如果現在勉強把香港電影也算作中國電影的話，那麼，2005 年最無聊的電影之一就是《神話》。它的目光在兩千多年前後飄忽穿越，但就是不肯把目光放在現在。如果說，1949 年以後的中國大陸電影已經從本質上失去了民國電影時代的人文精神，那麼，1997 年以後，把市場騰挪到內地的香港電影則重蹈覆轍即墮落至極。

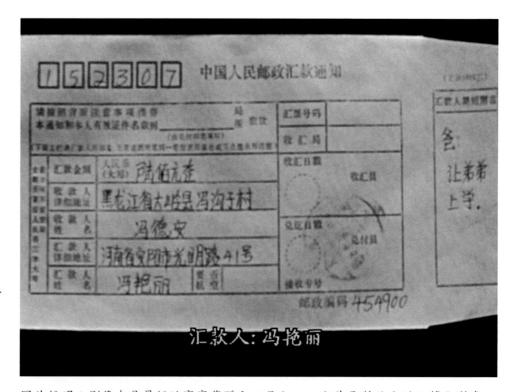

圖片說明：影像本是最好的寫實載體和工具之一，尤其是對於生活細節和對象。
在那些主義們肆虐之前，早期中國電影一直是民眾反觀自身境況的直觀方式和手
段。《安陽嬰兒》恢復了這一傳統。

　　影片用一個特寫鏡頭對馮豔麗做了一個明確的社會身份交代：黑龍江省大
嶺縣馮溝子村村民──也就是農民。眾所周知，1949 年以後，就像中國大陸《憲
法》中規定的「工農聯盟」是「領導階級」一樣，「農民伯伯」聽上去比「工
人叔叔」在倫理地位上要高半格，但卻是比工人更為弱勢的社會階層。幾十年
來，有一句罵人的話，就是稱呼對方為「農民」。今天你會很自豪地對家裡人
說，我找了一個女朋友，她們家是農民？你爹會說：孩子你真有出息，終於和
貧下中農相結合了？「文革」電影倒是這麼表述的，但現實卻是反著來的。

　　馮豔麗的農民身份已經注定了她處在社會最底層，不幸的是，她還是一
個進城的農民；更不幸的是，她從事的，是在底層也被自身歧視的一種低賤
職業，所謂的「小姐」即性工作者。對從事這類職業的女性，早在民國時代
就有一部經典電影──《神女》（吳永剛導演，聯華影業公司 1934 年出品），
其不無溫情和尊敬的態度，是「勞工神聖」的新文化思潮在新知識分子身上
的自然顯現。

圖片說明：對於性工作者及其自身境況的反映，從來就不是早期中國電影的禁忌和盲區。革命的左翼電影和不革命的新、舊市民電影都樂於表現這些人物。圖為吳永剛 1934 年編導的《神女》（故事片，黑白，無聲，聯華影業公司出品）截圖。

任何工作其實都是社會合理化選擇的結果，正如第六代導演成長年代的國家領導人所說：工作只有分工不同，沒有高低貴賤之分〔註 4〕。就需求─滿足的社會分工和市場博弈而言，工作屬性上的所謂低賤或神聖不過是人的主觀感受，是社會的附加和衍生意識。就此而言，金融街的女性高管和馮豔麗小姐有本質區別嗎？事實上，在第六代電影生成的這二十年來，「小姐」馮豔麗們不僅分流、消化、解決了大批剩餘勞動力的就業問題，還解決了社會性的一大隱患，即保證和滿足了中國大陸社會總體性需求的消費平衡。

〔註 4〕1959 年 10 月 26 日，當時的國家主席劉少奇接見全國勞動模範、掏糞工人時傳祥時說：「我當國家主席，你當掏糞工人，只有分工不同，沒有高低貴賤之分，都是人民的公僕。」（百度百科：環衛工人節〔EB/OL〕.http://baike.baidu.com/view/563150.htm〔登錄時間：2012-08-08〕）。

　　因為，與馮豔麗們結伴進入城市的，還有大批處在青壯年狀態的男性農民工群體，而需求─滿足的不和諧，足以引起不同程度的社會性動盪。眾所周知，性工作者已經成為中國大陸社會和經濟不可或缺的一部分：世界衛生組織援引官方的估計，從業人數是 600 萬[11]；而一般認為，實際上的就業人數大約有「1000 萬，涉及的消費每年大約 1 萬億人民幣」[12]。不論參照哪組數據，被服務的對象數目應該遠遠大於馮豔麗們的規模。

　　對不起，這裡只討論這個事實本身而與道德評價無關。

　　因此，近二十年來中國大陸的 GDP 的增長，也包含著無數的馮豔麗所做出的貢獻。因為，隨之而來的尖銳問題是：如果馮豔麗不出去工作，誰去養活馮溝子村她那一家？況且她的弟弟已經上不起學。難道真讓他也跟張作霖一樣去當土匪嗎？所以，《安陽嬰兒》中城市下崗工人和來自農村的性工作者的生存狀態，既是令人心酸的現實寫照，也是卑賤者固有的人的尊嚴和人的欲求的正常展示。

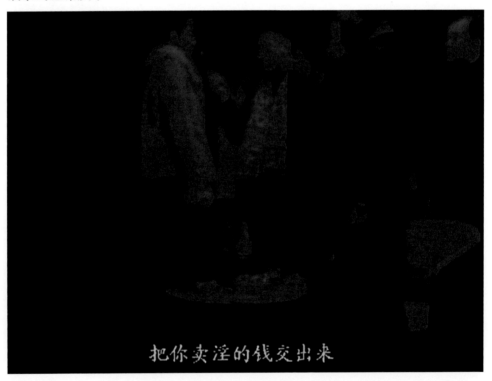

把你卖淫的钱交出来

圖片說明：至少近二十年來，中國大陸民眾對這種場所、景象和人物並不陌生，但只有第六代導演才將它們採納並展示出來。打出的字幕有誤，因為黑老大絕不會使用「賣淫」這個詞──這是官方的語言濫用。

這是影片極力表現的一點,他們的生活、情感,他們的相識、相知,乃至於相互依存、生離死別。小姐怎麼了?難道她就沒有婚姻戀愛的權利?下崗工人怎麼啦?難道就不應該有一個老婆有一個家嗎?儘管女的接客,男的帶著孩子。實際上,編導構思《安陽嬰兒》就是源於類似的真實人物和境況[1]P164,正如王超所說:「我只是想展示一種生存狀態:存在主義是一種人道主義」[1]P165。

丁、底層視角觀照、對話性鏡頭及其動機與目的

第六代導演的藝術表達同樣也具備顛覆性特徵,這就是底層觀照視角,這與前面所說的電影的平民化的內涵相對應。以《安陽嬰兒》為例可以看到,這種顛覆性的表述達到了極致——即使是在第六代導演的作品行列中也是比較特殊的。一般人都會注意到,整個影片幾乎沒有稱之為表演和臺詞的痕跡。

圖片說明:一些理論家總喜歡說什麼後工業化和後現代化,看看這種境況,這是後工業化或後現代化的問題嗎?須知一切「後」的現象和事物皆以「前」為條件。《安陽嬰兒》就戳穿了這種謊言。

　　譬如馮豔麗和大崗的關係，從一開始的契約關係，到後來成為事實上的貧賤夫妻關係，你會發現兩人之間的戲份基本上不具備表演性，基本上也看不到相應的常規性臺詞；除了結尾有力地豹尾式提升，幾乎全部是敘事性的交代和場面承接。我經常把第六代導演放在一起來說，事實上是為了表述的方便。這種顛覆性的敘述在第六代作品中，應該是群發現象，而不是偶發現象。

　　譬如章明導演的《巫山雲雨》（北京電影製片廠 1996 年出品），幾乎抽去了表演，被視之為本色表演，用導演自己的話來說，就是「平易質樸」，即「影像的極度自然性」[1] P33。事實上所謂的「本色表演」就是第六代導演藝術表達的顛覆性所在。因為「本色」就是剔除一切人為的表演品質。這一點在第五代導演作品中，譬如張藝謀的《秋菊打官司》（1992），就有這樣的情形：女主演被要求盡可能的回歸本色，就是一個懷孕的村婦，其他許多配角全部是業餘演員；張藝謀其後的《一個都不能少》（1999），也是如此套路，大批量地使用業餘演員。

圖片說明：無數的中國大陸城鎮和街道旁邊，曾經有無數這樣的修車攤位和修車人。問題是，這種情景和人物從來沒有作為被肯定的人物、被「正面」地表現出來，第六代導演結束了這種現象。

這裡有兩個小問題需要稍加聲明,其一、就視聽語言而言,第五代導演熱衷的固定長鏡頭被第六代導演全面繼承,這是一個時代性的藝術傳統問題;其二、同樣是 1990 年代的作品,張藝謀之所以不被放在第六代導演,是因為他的第五代身份已然確立,更重要的是,兩代之間的差異就在於:第五代導演是藝術上的革命、思想上的革新,第六代導演是主題上的革命、藝術上的承接。

《安陽嬰兒》顛覆性的藝術特徵不僅僅是承接那樣簡單,否則無法造成代際差異。這方面影片的表達堪稱一種具有教育意義的藝術特色,具體體現如次:

子、鏡頭的平民化

導演自己承認,《安陽嬰兒》是用「幾乎完全靜止的鏡頭,冷靜地『凝視』古城裏無奈的生活著的人們」[1] P165。就我先前看到的第六代導演作品而言,固定長鏡頭用的比較多、印象比較深的是賈樟柯的《站臺》(2000)。那麼,這裡強調的是《安陽嬰兒》固定長鏡頭平民化意義。以往中國大陸電影的固定長鏡頭往往只從藝術層面去考慮,但在《安陽嬰兒》中,它的功效被擴大放射到人物內心世界的表達。譬如大崗和馮豔麗第一次在麵館吃飯,時長竟然是 4 分 20 秒;當他被捕後,馮豔麗一個人抱著孩子去吃麵,還是兩碗麵,這邊一大碗,那邊一小碗,景別不變,只是少了一個人。

你可以如此解釋:前一場戲蘊含豐富,留出空白讓觀眾讀解,其長度之長可以理解;後一場表現馮豔麗的懷念和悽楚處境,但結局已然明確,給一段就可以了,因為它要表達的情緒已經表達完了。然而導演居然還是給了 3 分 48 秒的時長,這就打破了一般的審美思維習慣。一般觀眾就會想:我知道了,可為什麼還不轉場?我讀懂的意思是,因為它符合生活的本來面目。

為什麼這麼說呢?想一想,你跟一個人打架,很暴力、很血腥⋯⋯最後你的臉上縫了十八針,警察都過來處理了。總而言之,所有的紛擾過去以後,剩下的是什麼?是你眼中的整個世界:這個世界難道就是幾分鐘嗎?難道就是一小時嗎?不是的,是漫長的、痛楚的視覺刺激在你腦海中波瀾起伏。這件事兒和這種起伏不會很快過去:這就是生活和藝術的本質區別。

電影裏的暴力血腥可以用轉場輕易抹去代之以歡樂，但生活中不可以。生活中的幸福往往讓人產生轉瞬即逝的感覺，而不幸和痛苦卻顯得時間漫長、如此難捱。這就像南宋詩人方岳（1199～1262）所言：「不如意事常八九，可與人言無二三」（《別子才司令》）。幸福像鳥，打也是飛，不打也是飛；但痛苦和苦難不是，它的到來往往一蹴而就，離開卻不是能輕易打發得了的。生活中你給我臨危轉場試試？很少有人能做到，因為缺乏那個定力和境界。

圖片說明：在第六代導演出現之前，中國大陸的電影中從來沒有出現過這樣的鏡頭，更看不到這樣的人物活動其中。因為，這樣「不衛生」的場景，始終與千千萬萬的大陸普通民眾的日常生活相關。

電影可以，而且輕而易舉：全聽導演安排。當主人公面臨危險的時候，只聽一聲大喝：警察。然後神兵天降，這就是所謂「最後一分鐘的營救」，格里菲斯的經典手法。這裡有真實事件一枚：一個女作家給女生們解說性心理的問題。一個女生提問說：老師，什麼叫「強暴」？作家費了很大力氣終於把這個問題講清楚了。結果那女生說：那麼我們是不是被強暴以後再一睜開眼睛就躺在潔白的病床上，然後看到輸液瓶子在滴滴答答地輸液？[13]

　　這個小女生邏輯的生成並不僅僅是因為其不成熟，它源於 1949 年以來中國大陸電影慣常套路的滋養。英雄或任一正面人物遇到危難後，轉場往往是躺在病房裏；等再睜開眼睛，看到的一定是一個親切的面容：領導或首長說：你放心吧，壞人抓住了。支撐這種藝術手法的，是意識形態統掌一切主題思想。

　　就此而言，1949 年後的中國大陸電影這一點做得非常成功，就是將生活和藝術的界限成功地混淆，進而誤導觀眾多年、形成傳統，**繼而滲入並影響了民眾的思維模式和行為意識**。這就是我為什麼認為《安陽嬰兒》的長鏡頭，與它的主題一樣同樣具有革命性也就是顛覆性的原因。不要忘了，第六代導演大多是 1960 年代生人，趕上了「文革」的尾巴，是看著共和國的電影長大成人的。所以，其作品打破了以往已經形成了的審美模式，還原了生活的本來面目。

丑、鏡頭的可對話性

這也是電影平民化的一種體現。換言之，《安陽嬰兒》的鏡頭整體上有一種能與觀眾交流互動的品質。第六代導演作品的長鏡頭的運用，往往是刻意為之的，這是第六代導演的集體特徵。問題是，這種刻意為之發源於第五代導演，但兩者間的動機和目的是不一樣的。第五代導演的動機更主要的是放在一種美學追求上的。

譬如其代表作《黃土地》（1984），長鏡頭，固定鏡頭，自然環境和人物形象追求的是黃土高原和黃河文化的歷史感、時空感；《紅高粱》（1987）中那些推拉搖移鏡頭、色彩的過度使用，更多的是一種美學意味上的追求、美學的使用：當「我奶奶」被機槍打倒在地的時候，鏡頭掃過去，震撼性的一片血紅。這裡，鏡頭和色彩強調的是革命傳統的感性認知，為意識形態服務的目的昭然若揭。

而第六代的鏡頭無意追求這種美學效應。馮豔麗坐著吃飯有什麼美學效應？《小武》（1997）和《任逍遙》（2002）中，一路跟過去，美在哪裏？滿

地垃圾，沒什麼好人和好事兒。再看《安陽嬰兒》，也是到處都是破破爛爛的，追求什麼鳥美學效應？所以說，這裡，他的動機不是追求什麼美學效果而是恰恰構成反諷。

　　相比第五代代表作品如《紅高粱》，那個得麻風病的老頭住在那麼個窮困之地，導演也要把它拍出一種美學意味來；即使是那幫光著膀子的莊稼漢子半裸勞作，還要安排在罎罎罐罐中追求一種唯美光效、展示人體的健美。而第六代導演追求的，是殘酷的真實。真實是殘酷的，不可以被藝術屏蔽或美化，因為它是現實的。現實美有殘酷的一面，譬如美人很美，但不可以表現其如廁。如果表現，必定別有企圖，譬如有人專門吃大便的，譬如帕索里尼的《索多瑪 120 天》（意大利，1976）。

　　生活和藝術之間有著巨大的障礙，障礙是前者有時完全無法被後者吸收表現。這與其說是藝術的特點，倒不如說是藝術的侷限。第六代導演對於長鏡頭的使用，其動機與第五代導演不一樣的地方就是不是追求虛假的美學效應，而是追求生活真實，儘管這真實又是非常殘酷的。其實文學藝術本身不

應該迴避這種生活的殘酷，否則還叫什麼「文學」和「藝術」？但凡迴避，必定是因為藝術家無法超越兩者間的障礙。

同時，固定長鏡頭的使用符合人的視覺邏輯，譬如馮豔麗獨自抱著孩子對著空座位吃飯那場戲。這是因為，當人感到悲傷的時候，往往會長久地盯著一個地方發呆，即使你瘋狂之後也會如此。時間在這種狀態下是不計成本的，因此，主觀者（人物）和旁觀者（觀眾）並不會計算時長。此時，導演的掌控就形成了鏡頭（畫面）與觀眾的交流互動。這有傳統的一面，即讓觀眾在畫面中搜尋相關信息，也有現代的一面，即讓導演有效地傳達他的動機和目的。

這樣的可對話的鏡頭在其他第六代導演中也有，而且並不侷限於固定鏡頭。譬如《小武》中的跟鏡頭，明顯與觀眾產生交流效果，因為觀眾可以借助小武或導演的眼睛。再如《站臺》中草臺班子在曠野中演出那場戲，固定機位給的鏡頭是可以往前推的，可是沒有。這符合臺下看戲村民的視覺效果，留給電影觀眾的，是導演對現實生活藝術化的批評。

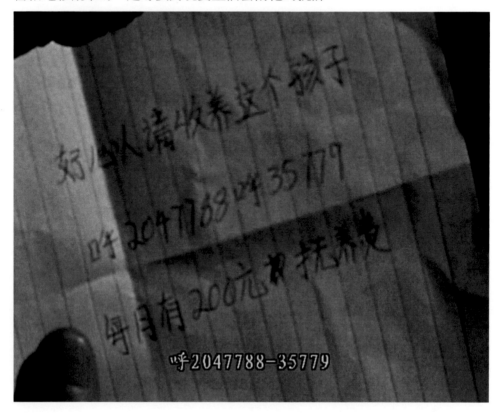

戊、呼應現實的視聽語言特徵

　　第六代導演和第五代導演一樣，對於構圖、色彩和節奏，都追求一種具有現代化精神的視聽語言品質，《安陽嬰兒》也不例外，而且自成特色。譬如片頭那個三層建築的構圖就非常震撼。它首先給人的本能的判斷，顯然不是民居，其次似乎又不是工廠，因為空曠無人。故事展開之後，觀眾恍然明白，這是破產後的大型國有企業廠房。有意思的是，這幢建築帶有些許俄羅斯風格。這樣，它的出現就為故事提供了歷史和人文的雙重背景。

　　這種意蘊豐富的經典構圖在 1930 年代中國經典電影《神女》中就曾經出現：做小姐的主人公到城裏上班，給出的空鏡是高聳的大煙囪和被電線切割的天空，將來自鄉村的主人公和現代化都市景觀融為一體。其次，上個世紀五六十年代建造的工人宿舍、底層貧民光臨的食攤，以及與之同樣無處不在的破敗外景，固定長鏡頭為畫面構圖提供的是無限的解說空間和立場鮮明的社會批判底蘊。

子、燈泡的特寫

影片的第一個畫面是黑屏，伴之以男人沉重的喘息聲；接著是燈泡的特寫。這與小說不同。小說一開始寫馮豔麗在工作的場合，一邊把成打的安全套撕開備用，一邊說誰誰發了多少工資。我看過小說，所以開始以為設計的是馮豔麗在上工，後來明白這應該是大崗在自慰──現在的年輕觀眾居然沒有看明白這兩個鏡頭。1990 年，謝飛導演的《本命年》中，主人公李慧泉剛從監獄裏釋放回家，先是一個人發呆，然後用被子蒙住頭，再從被子底下伸出手來把燈拉滅，然後就是類似的畫外音響。其實，當年我也屬於沒有明白這個鏡頭的年青一代。

兩部電影，類似的場景處置，反映的是導演同樣的人道主義情懷；更讓人震撼的是，兩個不同年代的男主人公都是婚姻上的困難戶主，最終的死亡，同樣與他們卑微的愛情有關──燈泡的特寫還出現過一次，這時馮豔麗是和大崗睡在一起，或者可以理解為他們的做愛前後。問題是，此時的情慾已經讓位於同病相憐，或者說，是「貧賤夫妻百事哀」的現實寫真。無論是哪一種解釋，燈泡扮演的既是傍觀者又是參與者的角色，都具備觀眾和主人公視角重合的可能性。前程黯淡，一個下崗，一個接客，這日子怎麼過？這個世道……。

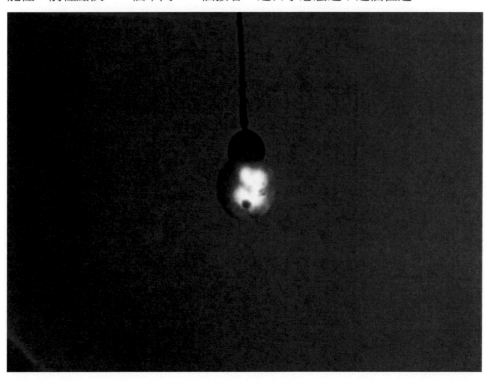

丑、色彩與基調

整個影片色調給人以灰暗的感覺，連一縷明亮的陽光都沒有看到。這應該與拍攝地域和季節無關。我沒有到過河南但去過成都，那裡總比四川見的太陽要多吧？當然也有一種可能，就是影片在開封拍攝的 21 天裏壓根兒就沒有晴天。然而從影片的基調上看，這種可能可以被排除。影片中自始至終，又像下雪又像不下雪，又像颱風又像沒颱風的季節背景，白天和夜晚的外景色調對比也被刻意降低，這應該是導演主觀追求的結果。

用燈光本來是可以解決這個問題的，但即使是黑老大向馮豔麗勒索錢財那場戲，歌廳裏的燈光也不給力──感覺大崗家的那盞孤燈都比歌廳裏的燈還亮。唯一的解釋，就是導演的心境坦白和主題詮釋：「我表達的不是個人的東西……我表達的是中國的普遍」[1] P170；《安陽嬰兒》「整個的質感、質地，是有東西的，你能感覺到在中國的底層有一股場，這股場是『悲愴』」[1] P172。這也就是為什麼有學者把這部影片稱為「左翼電影」的原因[1] P171。什麼是左翼電影？曰：為弱勢群體說話，反抗主流價值觀念，以暴力手段反抗壓迫剝削[8]。

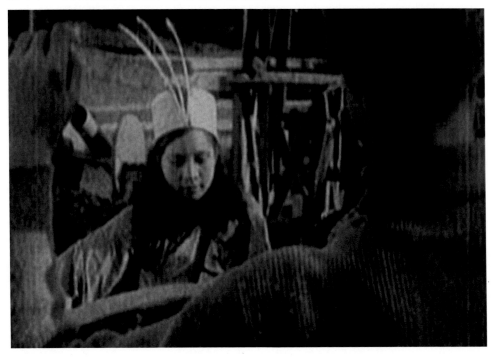

圖片說明：1932 年出現的左翼電影，實際上是將之前的主流電影──舊市民電影翻新改造之作：用激進的社會革命理念和抗日宣傳模式取代傳統倫理道德。譬如孫瑜 1932 年編導的《野玫瑰》（故事片，黑白，無聲，聯華影業公司出品）。

寅、節奏與敘事密度

因為事先看過小說，所以我覺得電影開始的節奏特別慢。其實這正是導演要的效果，就是「押」著講，單元時間內的敘事密度很大，讓你備受煎熬之後卻又有振聾發聵的效果。小說中有兩條線，馮豔麗、孩子和大崗是一條，另一條線是黑老大，非常豐滿。影片其實沒有大的改編，但你會覺得慢，那是因為藝術時間和真實時間是兩個維度的關係；這是我多年前才想明白的道理[14]。

影片真正的「慢」是結尾。

在此之前的線性敘述看上去單調緩慢，但密度其實是非常大的，留給觀眾的空間也非常大。譬如大崗周圍的那些鄰居，換飯票的時候幾乎不露面，及至大崗收養了那個孩子、收留了馮豔麗，馮豔麗還要在家接客，大崗坐在單元門外修車望風，鄰居們竟然既不出現、不表現，也沒有交集，這個敘述密度和解讀空間大不大？到最後，馮豔麗被警察抓住押上火車遣返回家，給了個兩次悶罐車車窗的特寫，這個時候影片才真正慢下來。慢給那個鏡頭回閃。觀眾看到，馮豔麗在被警察追捕、逃跑的時候，把孩子隨手遞給了一個男人，這個男人是誰？她沒看清楚。所以她才又跑過來問一個路人（便衣警察）：

「大哥，你看到一個抱小孩的男的了麼？」

圖片說明：因為信息量豐盈，所以第六代導演的畫面語言從來都是飽滿的，事實上這也是他們的共同特色，至少《安陽嬰兒》就是如此。這樣的「髒、亂、差」環境不可怕，可怕的是人心也是這種地步。

從邏輯上講，這當然是講不通的。大崗關押在監獄，作為一個殺人犯（無論是過失還是故意），或者還是已經死去（槍決？），他不可能跑出來。所以，馮豔麗在遞孩子的時候，她自己都不相信那是大崗。但是她在火車上，這個鏡頭再給過來的時候，她清清楚楚地看到，她把孩子遞給了大崗。這是幻覺嗎？我不知道，我也不想知道。這是導演的一種表現手法嗎？我不知道，我也不想知道。

我只知道，導演的這個閃回鏡頭不僅大有深意，而且將整個影片提升到一個人性制高點拷問社會。許多人在震撼和淚流滿面之際，也許會想起一個轟動一時的人間慘劇：一個離婚後的母親被強制戒毒後，多次告訴辦案警察，3 歲的女兒李思怡被關在家裏無人照顧，但她的哀求無人理會，半個多月後，人們發現了被活活餓死的小女孩，屍體已經高度腐爛[15]。

圖片說明：這是《安陽嬰兒》中最震撼人心的一幕，可以說希望與絕望共存、生離與死別相依。沉迷於大片和奇觀中的人是可恥的，因為他們拒絕睜開眼睛看世界；更可恥的是那些誤導人的所謂人。

　　算起來，現在討論《安陽嬰兒》時，李思怡應該是幾歲了，或者她餓死多少天了。因此，人們在這裡關心的，不是導演王超說了什麼，鏡頭又是怎樣的藝術表現手法；因為它可以是馮豔麗、甚至大崗的幻覺。讓人揪心的，是那個還沒有名字的「安陽嬰兒」，他到底被誰抱走了？是誰也不重要，重要的是這孩子能不能活下去？這與其說是一個母親的悲劇，倒不如說是社會整體的悲劇，我覺得意義在這裡。所以我才反覆強調「不知道」和「不想知道」。

己、電影人物語言以及暴力性的文化內涵

子、語言與文化功能的恢復

　　第六代導演的作品，大多使用地方方言作為影片人物語言的標準配置，即使主要人物不講，其他角色也多半要講拍攝地的方言。譬如賈樟柯的《小武》（1997）、《站臺》（2000）、《任逍遙》（2002），始終是一水兒的山西（汾陽）方言；李楊的《盲井》（2003）講河南話；顧長衛的《孔雀》（2005）也是河南（安陽）方言，但《立春》（2008）卻使用內蒙古包頭方言。例外的大概是王小帥，以北京為背景的《十七歲的單車》（2001）和以貴州為故事發生地的《青紅》都是用普通話，只是分別雜以北京話和上海話。

　　王超的《安陽嬰兒》用的是河南話，（馮豔麗講的是她的東北家鄉話）；其後的《日日夜夜》（2004）男女主人公倒是一直講普通話，可身邊的那些配角卻是清一色的內蒙西部方言；《江城夏日》（2006）講的是地道的武漢話。2000年以後的其他新生代導演似乎繼承了這個傳統，譬如寧浩的《瘋狂的石頭》（2006），四川話貫穿全片，張猛《鋼的琴》（2011）則配以風味純正的東北話。

　　第六代導演這個特徵的形成，歸功於其代表人物張元 1993 年導演的《北京雜種》，整個片子給人印象最深的就是北京話。一般認為，張元是第六代導演形成並與第五代導演分野的標誌，應該是首開風氣。電影中方言的使用，帶來的直接效果就是口語的廣泛使用，或者說是口語化的藝術表達，包括俗語和俗詞的無禁忌運用。

　　對中國電影歷史稍加瞭解就會明白，電影中人物的語言其實與意識形態和權力話語體系多有交集：1930 年代初期電影有聲化後，中國電影中人物使用的語言，基本上是以江浙口音為代表的國語，即以南京官話為語音基準。1949 年新政權成立之初，大陸電影中人物使用的語言最初是各逞風采。

　　譬如 1950 年代初期影響廣泛、後來成為禁片的《武訓傳》（崑崙影業，1950）、《我們夫婦之間》（崑崙影業，1951）、《關連長》（文華影業，1951），這些影片都由上海的電影公司製作，但全部用的是純正的山東話，這顯然與新政權當年在山東的軍事實力有關——東北電影製片廠（長春）出品的影片中的濃重的東北語言痕跡，顯然也是出自同一道理。

　　但自從大陸中央政府 1955 年頒布《中華人民共和國國家通用語言文字法》，確立了普通話（以北京語音為標準音、以北方話為基礎方言）的法定地位後，電影中人物所操語言完全被普通話覆蓋並一統天下，直至第六代導演全面翻盤。包括第五代導演代表作品在內的中國大陸電影，在人物語言使用上犯的最大的罪錯就是把生活語言從電影中完全剔除，在戕滅地方文化脈絡和地域文化特色的同時，又形成對電影製作系統性的文化腐蝕和表達功能的毀壞。

　　譬如電影中的人物無論何種身份、職業和素養，說的幾乎都不是人話，俗語和口頭語要麼消失要麼被政治化……。就連《紅高粱》中那個農民出身的土匪，也是義正詞嚴，不見一個髒字。就此而言，第六代導演作品中人物語言方言化和口語化（包括粗鄙化），一定程度上恢復了漢語鮮活的文化傳承功能和藝術創新能力。譬如《安陽嬰兒》中黑老大和馮豔麗的那段對話：

　　　　「把你賣 B 的錢交出來！」——「我用賣 B 的錢養你的兔崽子呢！」

你咋还不走

丑、第六代導演作品的暴力內涵

從小說到電影，《安陽嬰兒》有一點沒有任何改變，那就是，由於黑老大和大崗都認為那是屬於自己的孩子，打鬥中出了人命，悲劇具化為刑事案件。由此，回顧總結一下有代表性的第六代導演作品就會發見，無論何種題材、怎樣的主題和人物社會背景，暴力幾乎是第六代導演作品共同的基本元素，譬如《北京雜種》、《陽光燦爛的日子》（姜文，1994）和《十七歲的單車》中的街頭打鬥，《巫山雲雨》、《青紅》中的涉嫌強姦和強姦事件，《可可西里》（陸川，2004）的警匪較量；賈樟柯的《小武》是偷盜，《任逍遙》中有搶劫；《天下無賊》（馮小剛，2004）和《瘋狂的石頭》（寧浩，2006）中的有組織犯罪團夥；《孔雀》中的雞姦，《盲井》的謀財害命，《太陽照常升起》（姜文，2007）中的激情殺人，《讓子彈飛》（姜文，2010）的主線是土豪和土匪的搏命對決，《江城夏日》（王超，2006）涉及和表現了當下有黑社會背景的刑事犯罪。更不要說《鬼子來了》（姜文，2000）是抗戰題材，直接涉及戰爭。

　　這裡的暴力，與香港電影的所謂「暴力美學」沒有一毛錢的關係，因為它並不具備中國大陸戰爭文化的深厚歷史背景，頂多是底層小流氓聚眾群毆，……。「文革」時期，上億人被捲入意識形態內部的暴力搶奪，百萬人規模地打派仗，甚至動用坦克大炮，……。所以說，第六代導演作品所體現出的暴力，其內涵並不是從技術語言或者美學思想層面上的，更不是從香港電影的「暴力美學」延伸和表現過來的。具體地說，包括第五代在內，第六代導演是在一種源遠流長的當代暴力文化背景下成長起來的，對暴力的尊崇或對暴力的關注自然順理成章、水到渠成。

　　第五代導演長大成人正好處於「文革」時期，第六代導演懂事的時候趕上「文革」的尾巴。沒吃過豬肉也見過豬跑。官方的口號是：準備打仗。從小到大開運動會呼喊的口號是：「提高警惕，保衛祖國」。所謂「發展體育運動，增強人民體質」不過是策略性的語言陪襯──語言暴力更是無所不在：對外「反對霸權主義」；對內「實行無產階級專政」。這些體現在第六代導演的作品中，還可以分為硬暴力和軟暴力。《安陽嬰兒》中的硬暴力就是便衣警察對馮豔麗的暴打，軟暴力就是指精神上的傷害，譬如對小姐這個職業和從業人員的歧視和侮辱……。

庚、結語

　　《安陽嬰兒》在我所討論的第六代導演作品中，比較特殊的地方是我先看了小說，然後才看到電影。2000 年以後，包括知識分子在內，許多讀者基本上不關心和閱讀中國大陸當代作品了，文學的社會影響力急劇下降。其實稍加注意就會發現，小說創作進入 1990 年代中後期，已經悄然恢復到了十年前也就是 1980 年代中期中國大陸黃金時代那樣的一種自由狀態，即已經重新進入到一個相對沒有禁區的狀態。這個「沒有禁區」是和 1980 年代的創作自由連起來講的。所謂的創作自由、沒有禁區，其實還是有一個禁區的，譬如政治改革和政治小說。

　　這不是八十年代和九十年代小說的缺點，中國大陸的政治小說在整個二十世紀的後五十年基本沒有出現──前五十年是以「黑幕小說」出現的。政治小說以小說干涉、影響政治生活和政治體制，沒有形成一個傳統和一種勢力。因此，討論中國的小說創作自由和藝術創作自由，其實跟政治沒有什麼關係。只不過 1949 年以後，中國大陸的文藝創作，包括小說和電影，被人為地納入到意識形態和宣教軌道。因此當它在 1980 年代試圖擺脫單純為政治服務的束縛、恢覆文學藝術本體色彩的時候，許多人認為這就是創作自由。

　　進入 1990 年代以後、及至 2000 年以來，中國大陸小說的自由創作階段依然不涉及政治。除此之外，你會發現創作自由主要體現在描寫上已經基本沒有什麼禁區了。譬如在看到 2000 年的《安陽嬰兒》之前，有很多小說寫包括婚外情在內的情感，已經相當地露骨、了無約束，可是在社會上沒有什麼反響。沒有什麼反響應該說是一件好的事情。作家寫的都是他們願意寫的東西。而 2000 年的《安陽嬰兒》之所以讓我感到震撼，是因為它已經突破了所謂的情感關係、婚姻關係或者婚外關係的侷限，而是涉及到一個非常敏感的話題，就是對「小姐」即性工作者這個特殊群體的描述。

　　從來電影都是改編出來以後，原作比電影要好看。換言之，從來都是小說比電影好看，這是因為，在一個極端的意義上我認為文字藝術要比影像藝術更有魅力、更有層次，具有更高的美學品格，這其實是個常識。譬如不論誰拍《紅樓夢》，都有人不滿意，都覺得無法拍出原作的精神；即使是相對而言的通俗文學作品，譬如金庸的武俠小說，無論誰改編、無論是拍電影還是電視劇，都會有讀者跳出來大罵。

　　在閱讀第六代導演的作品時，《安陽嬰兒》是唯一一個在我討論影片之前強迫自己看一下「導演手記」之類的文字資料的影片，就是那本我一再引述的《我的攝影機不撒謊：六十年代中國電影導演檔案》，特別是作者和導演王超的對話部分。但我刻意跳過對影片技術層面或視聽語言的介紹部分，因為我不想被它所纏繞。所幸，王超在訪談中也沒有把重心放在技術手段上。這一點在我看來也是第六代導演與第五代導演不同的一點：我一直認為第五代導演對藝術語言的關注，實際上置於一個太過關心高度，而在第六代導演這裡，他們卻並沒有把視聽語言也就是藝術表現手法，置於一個難以企及的位置上。「內容為王」，這不僅是互聯網時代的品牌競爭力的核心，也是一切藝術的不二法則，尤其當你面對當下社會現實的時候，那些「神馬」都是「浮雲」。

辛、多餘的話

子、馮豔麗

　　我一直對這個人物有所期待，因為我想知道王超會用什麼樣的女演員。謝天謝地沒有用王小帥手下的高圓圓。主演《青紅》的高圓圓是一個非常性感的女人，但是絕不適合《安陽嬰兒》的女主角。我對馮豔麗期待的起因是剛拿到 DVD 的時候，只有一張簡單的面容，我想這個女子知道不知道該怎樣演繹那個角色？因為這個程度不大好把握：一般人會給這樣一個所謂風塵女子加上太多的庸俗理解。但是看完影片以後，我很佩服導演的選擇，更欣賞演員祝捷的表演。為什麼？

　　因為在馮豔麗這裡，根本不存在「風塵女子」這個概念。「風塵女子」實際上是古典文學中一個特殊的詞語，和馮豔麗沒有關係。「姿本無心」，就無所謂淪落風塵。馮豔麗是一個辛勤工作的農村女子，所以她臉上的那種木訥、那種傻、那種善良和那種柔情，都是真實動人的。這就是表演的最高境界。我不猜測祝捷是什麼樣的演員出身，我只想，學表演的學生恐怕演不出這種感覺來。因為你會給她加上太多的解釋，譬如小姐應該怎麼樣什麼的。事實上，小姐跟正常人一模一樣。

丑、字幕

第六代導演的作品，通常都是有字幕的。這和第五代導演不一樣，那時看《紅高粱》和《黃土地》哪裏有字幕？那時候不時興這個。這也是為什麼在第五代和第五代之前的電影中，中國大陸電影中的農民伯伯也都會字正腔圓地說官話的道理所在。隨著視聽模式和文化環境的變化，第六代導演的觀眾基本上是看字幕長大的一代，老一代人譬如我自己也染上了這個毛病。這個很好。

問題是 2000 年以後的新電影一路看下來，總有一個讓我不能忍受的現象：不管是盜版正版，字幕中的錯誤實在是太多，忍無可忍，《安陽嬰兒》也沒能免俗，但這些錯誤卻具備了意外的美學效果。譬如片警問大崗：「你什麼時候結婚？我要吃喜蛋。」結果字幕打出來的是：「我要吃雞蛋。」似乎生了孩子大家才吃雞蛋（喜蛋）吧？而這個錯又錯得有意思，因為大崗後來的確娶了個小姐，小姐又叫「雞」，所以警察吃雞蛋倒也是理所當然了。

黑老大被查出來得了癌症。應該是「血癌」，字幕打成了「小癌」。事實上，常識告訴人們，所有的人都是帶癌生存的。譬如醫生說前列腺癌可能會伴你終身，但不一定是要你命的，也許你活到一百歲，最終死於呼吸不暢；如果強行給予醫學干預，這叫「治療過當」。還有就是黑老大他媽喊他的時候，叫他「四蛋」，字幕打的是「私蛋」。這錯得也很有意思。很不幸，這個「四蛋」最後的確私心過重，不僅兒子沒有要成，自個反倒被打死，成了死蛋。

寅、姓名社會學

按道理說，男主人公應該叫大剛，那個年紀的中年人取的名字，城市裏無非是大剛、小強，農村左不過是二狗、三喜、四蛋、五毛，有點文化層次的就是建國、振宇（震宇）、愛民──民國時代往往會叫愛仁。但小說和電影都給這個人物命名為「大崗」，這個是有講究的：一個大型國有企業的下崗職工，這個位置和社會地位還不是大得名副其實？馮豔麗這個名字起得也好，因為老家就是馮家溝哈；出來謀生，而那個營生，如果沒有「豔」或「麗」，如何活下去？

無論是小說還是電影，看過《安陽嬰兒》你就會發現，中國是一個大敘事場，無論拍電影寫小說，你編都不用去編，更不用刻意跑到別處去「體驗生活」，因為人人生活在一個巨大的荒誕的敘事場中。每個人都是觀眾，又都是演員。想想你每天都換幾張臉？孫子和當爺爺的有區別嗎？所以，片名之所以被稱為《安陽嬰兒》，其實與特定地域，譬如故事發生地或影片的拍攝地域，都沒有任何具體關聯──聯想都不應該。〔註5〕

〔註5〕本章文字的主體部分（不包括庚、結語的最後兩個自然段和辛、多餘的話）約9500 字，最初曾以《第六代導演作品的主體性視角流變與顛覆性的主題和藝術表達──以王超編導的〈安陽嬰兒〉為例》為題，先後向內地兩家 CSSCI 級別的雜誌投稿，但均被退稿；兩年後被《浙江傳媒學院學報》（杭州，雙月刊；責任編輯：華曉紅）刊用，發表於 2014 年第 1 期。本章全文配圖版隨後作為第一章，收入《新世紀中國電影讀片報告》（中國傳媒大學出版社 2014 年 1 月版），但多有刪節──即正文中除標題之外的黑體字部分。此次新版，全數予以恢復，並新增專業鏈接 4：影片經典臺詞、篇末的英文摘要（雜誌發表版）、影片 DVD 碟片的三幅圖片，以及並列排版的五組（10 幅）影片截圖。特此申明。

初稿日期：2005 年 12 月 20 日

初稿錄入：呂月華

二稿日期：2012 年 7 月 10 日～8 月 12 日

配圖日期：2013 年 3 月 1 日～7 日

圖文修訂：2016 年 2 月 12 日～23 日

新版修訂：2017 年 3 月 16 日～17 日

新版校訂：2020 年 3 月 23 日

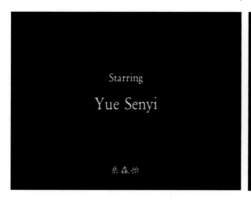

參考文獻：

〔1〕程青松，黃鷗. 我的攝影機不撒謊：六十年代中國電影導演檔案〔M〕. 北京：中國友誼出版公司，2002。

〔2〕百度百科〔EB/OL〕.http://baike.baidu.com/view/929947.htm，〔登陸時間：2012 年 7 月 10 日〕。

〔3〕袁慶豐.1980 年代第五代導演的視覺革命與藝術貢獻──以 1987 年的《紅高粱》為例〔J〕. 長江師範學院學報，2010（2）：51～56。

〔4〕折 e の天使.新生即是重生：《安陽嬰兒》〔J〕. 電影評介，2004（8）：69。

〔5〕錢理群，溫儒敏，吳福輝. 中國現代文學三十年（修訂本）〔M〕. 北京：北京大學出版社，1998。

〔6〕范伯群.「電戲」的最初輸入與中國早期影壇──為中國電影百年紀念而作〔J〕. 江蘇大學學報（社會科學版），2005（5）：1～7。

〔7〕袁慶豐.20 世紀 20 年代中國電影文化生態的低俗性及其實證讀解〔J〕. 杭州師範大學學報，2009（4）：51～55。

〔8〕袁慶豐.1922～1936 年中國國產電影之流變──以現存的、公眾可以看到的文本作為實證支撐〔J〕. 學術界，2009（5）：245～253。

〔9〕陸弘石，舒曉鳴. 中國電影史〔M〕. 北京：文化藝術出版社，1998。

〔10〕袁慶豐.《孤城烈女》：左翼電影在 1936 年的餘波回轉和傳遞〔J〕. 青海師範大學學報，2008（6）：94～97。

〔11〕《中國妓女現狀調查》〔EB/OL〕.http://q.sohu.com/forum/7/topic/ 52410100，（2006-09-05）〔登錄時間 2012-08-08〕。

〔12〕維基百科：中國大陸的性服務業〔EB/OL〕.http://zh.wikipedia.org/ wiki/%E4%B8%AD%E5%9B%BD%E5%A4%A7%E9%99%86%E7% 9A%84%E6%80%A7%E6%9C%8D%E5%8A%A1%E4%B8%9A，〔登 錄時間 2012-08-08〕。

〔13〕畢淑敏.畢淑敏散文：走進心靈世界〔M〕. 北京：中央編譯出版社， 2005：19。

〔14〕袁慶豐.孤寂意識在荒誕文學作品中的體現——兼析舒爾巴吉的〈十 二點的列車〉〔M〕//靈魂的震顫——文學創作心理的個案考慮. 北京： 北京廣播學院出版社，2002：153～165。

〔15〕孫展.誰「殺死」了小思儀（怡）？〔J〕. 中國新聞週刊，2003（43）： 32～35。

The Sixth-Generation Directors' Subject Perspective and Subverting Theme and Art Expression

Read Guide：The theme and expression of *An Yang Baby* — first a novel, then a film — have subverting views and art features. As far as a film, it resumes citizen subject perspective which characterized 1930s Chinese films. It reflects sympathetically contemporary city lower class and powerless people -- the lay-off people and sex workers' daily lives. The dialogue shots and the historic change of characters' language mean the sixth generation directors' abandon and revolution to powerful discourse system.

Key Words：novel; citizen perspective; the fifth generation directors; the sixth generation directors; workers and farmers' class; violence meaning;

圖片說明：在中國大陸市場上公開銷售的《安陽嬰兒》DVD 碟片。

2002 年：《臺北晚 9 朝 5》
——誰的青春誰做主

圖片說明：在中國大陸市場上公開銷售的《臺北晚 9 朝 5》DVD 碟片之封面、封底，但其中文片名有明顯錯誤，變成了「臺北朝九晚五」。

內容指要：

從 1970 年代末期開始，進入中國大陸影院公映的一系列臺灣影片，譬如《汪洋中的一條船》（1978）、《搭錯車》（1983）、《媽媽！再愛我一次》（1988）等，不僅產

生了轟動性的社會效應，還具有啟蒙意義的文化價值；中國大陸民眾藉此看到了與以往的政治宣教截然不同的臺灣社會面貌，進而體認到了真實的臺灣文化。正是在這個基礎上，2002 年出品、隨後以碟片形式進入內地的青春片《臺北晚 9 朝 5》，其對 E 時代青年男女倫理觀念和情感邏輯的藝術表達，進一步拓展了中國大陸觀眾對臺灣社會和文化的深度認知。

關鍵詞：臺灣；臺灣電影；接受背景；倫理觀念；情感邏輯；

專業鏈接 1：《臺北晚 9 朝 5》（故事片，彩色），臺灣金川映畫 2002 年 11 月出
品〔註1〕；英文片名：Twenty Something Taipei，DVD，時長 97
分鐘；臺灣公映時間：2002 年 11 月 9 日，香港公映時間：2002
年 11 月 7 日；本片未在中國大陸公映。

>>> **故事**：蘇照斌；**編劇**：成英姝；**導演**：戴立忍；**攝影指導**：
潘恒生（H.K.S.C）；**美術設計**：麥國強；**錄音**：杜篤
之；**剪接**：鄺志良（H.K.S.E）、蕭汝冠；**第一副導**：
洪智育；

>>> **主演**：黃立行（飾小馬）、楊謹華（飾 Eva）、黃玉榮（飾
Ben）、張兆志（飾 Cola）、於婕（飾 Cindy）、王婉霏
（飾 Vivi）、江沂倫（飾 Iden）、向均（飾 Hitomi）。

專業鏈接 2：影片獲獎情況：未知。

〔註 1〕香港也有部《晚 9 朝 5》的影片，（又名《獸性情人》，英文名：Twenty Something；
片長：99 分鐘，香港 UFO 電影人製作有限公司 1994 年出品；編劇：阮世生，
導演：陳德森，主演：陳小春、陳豪、周嘉玲等；語言：英語），並獲得如下
獎項：1995 年香港電影金像獎（Hong Kong Film Award）最佳男配角（陳小春）、
最佳劇本（提名）、最佳原創歌曲（提名，林憶蓮）。以上信息源自：百度百科
〔EB/OL〕.http://baike.baidu.com/view/1274270.htm，登錄時間 2012 年 8 月 1
日）。

專業鏈接 3：影片鏡頭統計：

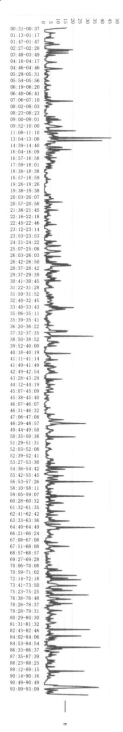

說明：全片時長 97 分鐘，共計 1238 個鏡頭。其中，小於等於 5 秒的鏡頭 957 個，大於 5 秒、小於等於 10 秒的鏡頭 198 個，大於 10 秒、小於等於 15 秒的鏡頭 41 個，大於 15 秒、小於等於 20 秒的鏡頭 19 個，大於 20 秒、小於等於 30 秒的鏡頭 12 個，大於 30 秒、小於 1 分鐘的鏡頭 11 個；大於 1 分鐘的鏡頭 0 個。大於 30 秒的長鏡頭共約 6 分半，占總時長的 6.72%。

（圖表製作與數據統計：田穎、李豔；覆核：李梟雄）

專業鏈接 4：影片經典臺詞

「各位貴賓，我們即將降落在臺北中正機場。提醒您，根據中華民國法律規定，攜帶走私槍械、毒品進入臺灣地區，是嚴重的犯罪行為，最重可判處死刑」。

「寶貝！你們兩個屁股什麼時候變得這麼緊？好久沒來我店裏剪頭髮了」——「你要死了，敢摸我屁股！我跟 Vivi 講。我告訴你，這給 Vivi 的。變態！」

「你到現在還在混啊？」

「髮型設計是一種藝術，梵谷聽過嗎？芍內聽過嗎？畢加索總該聽過吧！所以我說你不懂啊！在人跟天之間的，剩下的就是頭髮。頭髮它為什麼別的地方不生長，偏偏生長在人的正上方呢？難道這件事情一點啟發都沒有給你嗎？蒙娜麗莎總該聽過了吧？是由一個畫家還是兩個畫家把她畫完的，當然是一個畫家了。我看你下次還是找別人幫你剪頭髮好了」。

「等一下，哦！來了……大便，大便，大便……」——「你不是剛剛去過嗎？」

「聽說我外公吹得很棒，可是外婆把他的小號給丟了。其實我到唱片公司是想學點東西，可是我媽又反對，她說男孩子要學點有用的東西，她覺得音樂不是有用的東西。有一天我會寫出很棒的音樂」。

「我不像你這麼不要臉，每天晚上跟別人幹！你以為那些人幹完以後會記得你嗎？大家都會以為我們這群女孩子都是這樣子玩，我拜託你不要再丟臉了好不好？你想要成名，你想要當明星，你想要住陽明山，你照照鏡子，可能嗎？」──「我承認，我很虛榮，我也知道會有人因此而看不起我，可是你們呢？你們每天在毫無目的的幹來幹去，今天跟這個幹，明天跟那個幹，你們是為了什麼？是為了開心嗎？可是我不是，我很知道我在做什麼！」

「Cola，你跟我馬子講，你在哪裏學的髮型設計啊？」──「日本」──「我幹你媽！你以為我不知道你的底啊！人模人樣的幹你媽！開輛福斯，開個什麼髮型工作室，你師父是不是在中南部那個老 Gay 啊！專門替人修陰毛的。不要臉的爛東西。四五年前你為了那邊騙點錢，心甘情願被人家幹了四五年，幹他媽的個 C，你知道什麼是 C，比 B 還爛，你知道嗎？幹你媽！把人家錢騙光了，現在當初幹馬子，在報復什麼東西是吧？敢摸我馬子的頭，你手有沒有洗過啊你，幹你媽的。日本，我看你媽的連中正機場都沒去過！」

「夠了！你都聽到了，都聽到了，我說的每一句話，每一句話都不是真的，都是騙你的！你每次找不到我的時候，我都在跟別的女人上床，都在跟別的女人幹！都在幹！求求你，醒醒吧！什麼時候你才肯面對現實？不要再跟著我了，求求你，不要再跟著我了，我受不了……」。

「他一直想買一隻像樣的表給我，從我上國中開始他就一直這樣跟我說，一直到他倒下來，我知道他還想著這件事。他要住進醫院的前一晚，把這隻表拿給我，辛苦了一輩子卻只能送給孩子一隻不能走的手錶。從那天開始我就沒拿下來，我不知道該怎麼跟他說。其實對我來講，這是全世界最好的手錶。」

「你記不記得我們剛認識的時候，你問我是不是很想跟你做愛」──「我說我這麼帥，你一定想跟我上床」──「其實我很想跟你做愛，我想把我的全部都給你，因為我好愛你，可是我怕在你得到了以後，你就會離開我。我知道你不會這樣對我，可是我好怕失去你。我好怕失去你，我真的好愛你」──「傻瓜，其實我真的有可能是那種人，有一天你會遇到一個真正適合你的人，你要堅持你對愛情的想法。因為你就是你，這是你最吸引我的地方，懂嗎？」

「為什麼？你為什麼？」——「我也不想這樣」——「你知道這多殘酷嗎？你為什麼這樣做？」——「我為什麼不能是 Summer Blue？為什麼不能是我？你到底在怕什麼？你根本就是個懦夫，你怕你自己，你怕面對你自己的感情，你怕身邊所有的朋友，你怕我，你怕到甚至連你爸過世你都不敢哭！」

「我想過了，其實不一定要做音樂，我還有很多別的事情可以做，日子過得開心是最重要的，對不對？也許我根本不適合做音樂，我只是希望你看到它就會想到我」——「我也有東西要送給你。剛剛好，我還以為對不上。永遠都不要放棄，我相信你是很有才華的，答應我，你有一天到紐約來表演的時候，我想在臺下為你用力的鼓掌。」

「導演，我剛才表現怎麼樣？沒有人發現我！」——「非常好，很好，垃圾桶」——「垃圾桶要怎麼揣摩啊？」——「深沉。天下為公的感覺」。

專業鏈接 5：影片觀賞指數（個人推薦）：★★★☆☆☆

甲、前面的話

迄今為止，任何一部臺灣電影，無論在哪個歷史時期、以怎樣的方式進入中國大陸，對研究者來說，都具有多重視角的讀解意義和文化參考價值。因為，不同時間段內進入中國大陸的臺灣影片，都給普通民眾帶來海峽對岸陌生而又熟悉、豐富卻又複雜的歷史、社會和文化信息。產生這種現象的根本原因，一是因為臺海兩地根脈相通但又相對獨立的歷史文化背景，二是由於作品生成和讀解語境的社會環境錯位，以及中國大陸觀眾跨時空的心理認同對接。

　　從1970年代末期開始，由於臺海兩岸政治主體出現對等鬆動態勢，幾部臺灣電影得以進入中國大陸公映，不僅產生了廣泛的社會影響，還具有對大陸民眾啟蒙的意味。這些影片包括《汪洋中的一條船》（1978）〔註2〕、《搭錯車》（1983）〔註3〕、《媽媽！再愛我一次》（1988）〔註4〕。

圖片說明：即使到了2012年，也就是《臺北晚9朝5》進入內地後的10年，這樣的城市景象也依然是海峽這邊眾多人氏夢寐以求的目標。顯然，兩岸的差距不是時間問題而是歷史空間問題。

〔註2〕《汪洋中的一條船》（He Never Gives Up），編劇：張永祥；導演：李行；攝影：陳坤厚；原創音樂：翁清溪；主演：秦漢、林鳳嬌、歐弟、郎雄、江明、葛香亭、崔福生；（臺灣）中央電影事業股份有限公司1978年出品。獲1978年臺灣金馬影展之最佳男主角獎、最佳劇本獎、最佳導演獎、最佳影片獎、最佳攝影獎，以及最佳音樂、最佳剪輯、最佳女主角、最佳音響效果等獎項的提名。

〔註3〕《搭錯車》（Papa, Can You Hear Me Sing?），編劇：黃百鳴、吳念真、葉雲樵、宋項如；導演：虞戡平；主演：孫越、劉瑞琪、吳少剛、李立群、江霞；新藝城影業有限公司1983年出品。獲1983年臺灣金馬影展之最佳男主角獎、最佳女配角獎、最佳音效獎、最佳原創電影歌曲獎、最佳原創電影音樂獎，以及最佳劇情片、最佳女配角、最佳劇情片原著劇本、最佳攝影、最佳造型設計、最佳剪輯等獎項的提名；獲1984年香港電影金像獎之最佳原創電影歌曲獎、最佳原創音樂獎。

〔註4〕《媽媽！再愛我一次》，編劇：陳朱煌、柳松柏；導演：陳朱煌；原創音樂：張弘毅；攝影：陳榮樹；剪輯：陳博文、陳博彥；主演：楊貴媚、李小飛、謝小魚、文英、陳淑芳；臺灣獨立製片富祥公司1988年出品。

1990 年代中期以降，隨著兩岸交往意識形態色彩的人為淡化和影像傳播方式如 VCD、DVD 技術的出現和快速普及及更迭，其他臺灣電影，譬如侯孝賢的《風櫃來的人》（1983）、《悲情城市》（1989），李安的《推手》（1991）、《喜宴》（1993）、《飲食男女》（1994）等，雖然不再像以前那些在中國大陸影院公映的影片那樣具有社會性的轟動效應，但依然受到大批觀眾尤其是文藝青年的熱捧。2000 年之後，隨著兩岸關係更加開放的格局形成以及互聯網的全面普及，臺灣電影進入中國大陸已經基本沒有太多障礙。這時期的影片有《臺北晚 9 朝 5》（2002）、《海角七號》（2008）〔註5〕、《賽德克‧巴萊》（2012）〔註6〕。

在上述影片中，《臺北晚 9 朝 5》是通過 VCD 和 DVD 光盤進入內地，從而獲得事實公映的臺灣電影。但它在文化傳達、社會體認，包括都市青年情愛心理表現上產生的諸多影響，是以那些以拷貝和碟片形式進入中國大陸的臺灣電影為基礎的。從主題思想上看，它是香港電影《晚 9 朝 5》（1994）臺灣版〔註7〕。影片對「晚 9 朝 5」夜生活的展示，在與大眾更世俗化的「朝 9 晚 5」生活本身的對比中，不無哲學層面上的深意。

〔註5〕《海角七號》（Cape No.7），編劇、導演：魏德聖；攝影：秦鼎昌；剪輯：Lai Hui-Chuan、蘇佩儀；主演：范逸臣、田中千繪、應蔚民、林宗仁、中孝介；臺灣 ARS Film Production2008 年出品。本片獲 2008 年日本第 4 屆亞洲海洋影展最佳影片百萬首獎、2008 年第二十八屆夏威夷影展競賽單元最佳影片獎、2008 年臺灣金馬影展之最佳男配角獎、最佳原創電影音樂獎、最佳原創電影歌曲獎、觀眾票選最佳影片獎，以及年度臺灣傑出電影獎、年度臺灣傑出電影工作者獎。

〔註6〕《賽德克‧巴萊》（Seediq Bale），原著：嚴雲農；編劇、導演：魏德聖；攝影：秦鼎昌；主演：林慶臺、馬志翔、溫嵐、田中千繪、馬如龍、羅美玲；臺灣 ARS Film Production、中央電影事業股份有限公司 2011 年出品。本片獲 2011 年第 48 屆金馬影展之最佳男配角獎、最佳影片獎、最佳音響效果獎、最佳原創配樂獎，以及最佳導演、最佳新人演員等獎項的提名。

〔註7〕據媒體報導，2012 年，「延續了前作《香港晚九朝五》和《臺北晚九朝五》的現代都市生活題材」的《北京晚九朝五》即將開機。以上信息源自：新浪網〔EB/OL〕.http://ent.sina.com.cn/m/c/2012-05-08/10513624672.shtml，登錄時間 2012 年 8 月 1 日），但我至今未見該片。

圖片說明：許多人其實沒有真正意識到時間的殘酷性，尤其是當掌控空間的當局者把一切都推脫給時間的時候（圖片來源：http://www.sxgov.cn/content/2009-02/16/content_31507.htm）

　　生活無處不在。「朝 9 晚 5」的上班謀生是生活的一種外在表現方式和重要組成部分，但「晚 9 朝 5」的夜生活，可能在生活當中扮演著更為重要的角色，譬如那種拿掉面具後呈現的真實自我。我推測編導的意思是要表現年輕一代的精神面貌，影片雖說是 III 級片，但無疑是嚴肅的、認真的、藝術的，更是符合主流價值觀念的循規蹈矩之作。如果用中國大陸的政治理念和評判模式，給它下一個健康的、積極向上的評語，似乎並不為過。

圖片說明：影片的導演版據說超過 300 分鐘，而在中國大陸公映的版本時長只有這個數字的一半，可見兩岸差距依然存在（圖片來源：http://bbs.fxt365.com/archive _view.asp？boardid=27&id=488382）

乙、《臺北晚 9 朝 5》登陸前內地對臺灣電影的接受背景

1949 年以後，中國大陸和臺灣處在截然對立的意識形態格局和不同的社會文化背景之中。就後者而言，一方面，臺灣繼承了自 1910 年代末期中國知識界精英發起的新文化運動所形成的現代文藝傳統，並始終沒有放棄其核心理念，另一方面，由於與美國、日本特殊的政治關係，對於以美、日為代表的西方文化，臺灣從一開始就決定了其相對開放的基本政策和接受立場。1960～1970 年代，隨著經濟起飛、大批留美學生群體的出現和回臺效力的歷史背景，不僅使得以美國生活方式為代表的西式生活理念、文化觀念，以及現代城市的生存格局、心理模式，對臺灣本土文化產生著廣泛的影響，而且民眾的物質生活水平逐漸提高，走向小康。而這種在繼承祖國歷史文化傳統基礎上的多向交流的開放環境，以及相對富足的物質生活條件，是同時期的中國大陸所不能比擬的。

而 1949 年以後的中國大陸，基本上是一種逐步走向越來越封閉的社會與文化環境：1950 年朝鮮戰爭爆發後，基本隔絕了與以美國為代表的西方世界的交流，只和以蘇聯為代表的東歐社會主義國家保持單向度的聯絡溝通；1960 年，中蘇意識形態聯盟的破裂和完全對立，意味著唯一通向歐洲的文化交流途徑也被切斷，只剩下與阿爾巴尼亞、羅馬尼亞，以及南斯拉夫這樣的小國

保持有限的單向度交流管道；至於周邊地區和國家，除了只在意識形態約束的框架內保持與朝鮮、越南等小國一定程度的交流外，基本上處於敵對和對峙狀態，連香港、澳門亦不例外。

圖片說明：從中國電影歷史的角度說，這部電影「淚彈」效應背後的文化基因，其實是源自1949年前民國電影的「苦情戲」編碼（圖片出自 http://202.111.175.192：89/movie.asp?id=22687）。

　　與此同時，中國大陸對傳統文化和新文化運動以來現代文藝，一直採取一種按現實政治需要任意切割、屏蔽的實用主義和功利主義態度，文藝生態和民眾的經濟狀況都處於極度匱乏的非常狀態，直到 1970 年代末期的改革開放之後才開始有所改善。換言之，具體到電影生產和電影作品，臺海兩地雖然是同文同種，但生長的土壤和人文環境已經大為迥異。

圖片說明：上世紀八、九十年代的時尚青年尤其是文藝青年，如果不知道侯孝賢，就如同後來的成功人士不知道哪幾隻股票最賺錢一樣（圖片來源：http://posters. imdb.cn/poster/51148）。

　　1979 年之前，海峽兩岸關係始終處於公開敵視和對立狀態，而且是全方位的，涉及各個層次：從政體理念到社會制度，從軍事到文化再到文字（字體）的使用。1979 年元旦，以全國人大委員長葉劍英的名義發表的《告臺灣同胞書》，俗稱「葉九條」，奠定了兩岸關係全面和緩與開放交流的基礎[1]。1995 年和 2005 年，「江八點」[2] 和「胡四點」[3] 的先後發布，進一步推動和拓展了兩岸全面開放交流的空間，臺灣的文藝作品逐步擴大了進入內地的種類和範圍並就此融入當代中國文藝大潮。

圖片說明：當觀眾把侯孝賢們的電影歸結為城市文明的時候，其歷史意義和文化價值便蕩然無存，「臺灣」及其存在也就失去意義（圖片來源：http://bbs.imp3.net/thread-10220857-1-1.html）。

譬如,從 1970 年代末期開始,臺灣校園歌曲受到中國大陸的全民熱捧;1980 年代,以瓊瑤小說為代表的言情小說,以陳映真、白先勇為代表的「嚴肅文學」風靡大陸;1990 年代,以《還珠格格》為代表的臺灣電視連續劇,成為中國大陸民眾的日常文藝消費。與此同時,幾部臺灣電影,以及由身在大陸的臺灣導演拍攝的電影在中國大陸公映,更擴大了公眾的文化閱讀視野和影像信息取用範圍。

圖片說明:如果這是出自大陸的海報,那麼,似乎還可以尋覓出一些「苦大仇深」的歷史印記——當然,這是單向度的想像結果(圖片來源:http://www.dianying.com/jt/title/wyz1978/poster)。

　　最早登陸的，是 1978 年出品的《汪洋中的一條船》。1983 年，這部影片先是由內地電視臺播出[4]，兩年後的 1985 年進入影院，由此成為第一部在大陸公映的臺灣電影[5]。1984 年，一年前出品的《搭錯車》「在福建廈門、泉州等地」登陸公映，歌手蘇芮演唱的主題曲《酒乾倘賣無》「風靡一時」[6]。實際上，一直到 1990 年代，這首歌曲的流行勢頭依然沒有減弱，成為現今大陸中年群體對青年時代的美好記憶之一。

圖片說明：李安的電影看上去是將臺灣電影帶到了大陸和國際，但實際上對大陸民眾有一種誤導。因為，這與其說是臺灣電影，不如說是美國華語電影（圖片來源：http://sh.qq.com/a/20120610/000110.htm）

　　從中國電影史的角度說，1984 年還有一件與臺灣電影有關的事體，那就是臺灣導演謝雨晨攜夫人來到內地，就職於北京電影製片廠；一年後的 1985 年，他根據臺灣作家陳映真的同名小說編導了《夜行貨車》，但「為了突出製作的獨立性，不想引來臺港方面的政治敏感」，影片以他名下的振業影業有限公司與香港飛騰公司聯合製作，並由後者負責海外發行[7]。但中國大陸一般公眾其實並不瞭解也不在意這種電影製作屬性的區別，依然將其視為臺灣本土電影。

　　圖片說明：沒看過這部影片的人，大多也知道片中那首插曲《酒乾倘賣無》；或者說，很多人其實只知道歌手蘇芮或者她唱的這首歌（圖片來源：http://blog.m1905.com/viewspace.php?uid=2840013&do=blog&id=227655）。

　　1990 年，臺灣電影似乎並沒有受到大陸的社會性震動影響，1988 年出品的《媽媽！再愛我一次》被引進內地後，再創觀眾人數新高：影片「6 月左右……開始在全國試映，首先是在武漢熱起來，然後是上海，在全國鋪開放映是在 9 月份。到 1990 年底的時候，共發行了 397 個拷貝，觀眾人數超過 2 億，票房上億元——當時的電影票價有 1 元到 3 元的，也有三五毛錢的——這個電影創造了一個奇蹟」[8]。

圖片說明：正因為文化都是相對的，所以以局外人的角度來看待自己的文化歷史和文化現狀，才可能看得更為清晰（圖片來源：http://ent. qianlong.com/4543/2007/10/30/3363@4135215_1.htm）

現在可以清楚地看出，這幾部臺灣影片之所以能夠進入中國大陸，首先，是所有的影片在意識形態上沒有與大陸主流意識有牴牾衝突之處。其次，這些影片或多或少地體現出社會批判精神，尤其是《夜行貨車》。譬如當時中國大陸電影界的主管就認為《夜行貨車》的「主題好，對大陸人民瞭解臺灣社會的現實情況有一定的意義……對其中一場『變相接吻』（男昏倒女進行人工呼吸）的『床上戲』則建議刪剪， 謝導演也認為提得中肯， 因這場戲與主題沒有什麼緊密聯繫」﹝7﹞。

實際上，《夜行貨車》刻意強調表現的「臺灣社會存在的矛盾和外資企業中外方經理對中國職員的欺壓及中國員工的民族自尊和反抗精神」﹝7﹞，反倒有唱衰當時大陸改革開放精神之嫌。換言之，《夜行貨車》所具備的中國大陸主流電影的價值觀念品質，在本質上更符合中國大陸的宣教口徑，只不過是臺灣社會題材而已。

《汪洋中的一條船》之所以被看中，也許引進者有鼓舞內地青年自強自立的意圖，但就觀眾的角度而言，實際效果已經遠遠超出這個範疇。影片讓內地觀眾意識到，一個殘疾人，（臺灣稱殘障人士），他能夠取得比普通人還要顯著的成績，原因不僅在於他個人的努力，更在於良好的社會機制，這是正常社會抑強扶弱、有序運行的必然結果。僅就這一點而言，當時大陸民眾因此產生的對比聯想是震撼性的，因為，即使是二十年後的今天，這也是中國大陸不可想像的、任重道遠的社會性難題：殘障人士的成功之難，十倍百倍於肢體健全的社會成員﹝註8﹞。

﹝註 8﹞顧長衛的《孔雀》（2005）中女主人公的哥哥是一個傻子，就是智障人士。而在 1970 年代的中國大陸，每個城市、每個街區，都有那麼一兩個這樣的傻子被人耍弄，成為全體社會成員的娛樂品，他們受到的侵害或侮辱，他們的痛苦，沒有人關注。所以我認為《孔雀》的一個重大意義就在於對這個人物形象的塑造。當然，在影片中的那個傻子形象有一種喜劇化的戲劇效果，而這恰恰反映出大陸文化中荒誕的一面：那個時代，智者或者聰明人不僅不比傻子活得快樂，相反往往活得很痛苦，下場往往比智障人士還不如。

《汪洋中的一條船》給我印象最深的，是男主人公用膝蓋綁著假肢走路，雙下肢殘疾的人居然可以考大學？直到今天，大陸殘障人士能夠像正常人一樣升學、找到工作也是一種不多見的神話作品，更不要說大陸的 1980 年代。直到現今人們才知道，城市中建築物的入口和人行道上應該留出盲道，問題是你一旦出門看一看就會發現，實際情況往往不會令人樂觀。而《汪洋中的一條船》中，那個男人不僅上了大學還娶了一個老婆，不僅娶了一個老婆，還取得了那麼令人矚目的成就。對此，當時的大陸觀眾絕對是引以為奇、或者說是沒想到的。就此而言，臺灣電影實是影響深遠，只不過，受此恩惠的人，包括許多導演不去感恩，或者沒有意識到罷了。

圖片說明：如果僅僅是從文化的角度去解讀《飲食男女》，那就不僅會誤讀中國歷史，也會對中國文化形成誤讀，這需要警惕（圖片來源：http://3g.unisk.cn/film/view8-2.asp?id=1009002）

《搭錯車》和《媽媽！再愛我一次》都屬於苦情戲，後者的引進時間恰逢大陸社會的敏感時期，客觀上不無沖淡低徊的政治氛圍的意圖。另一方面，被引進的這兩部影片都不無社會批評的寓意。殊不知，無論是父女情還是母子情，這些人倫綱常、親情摯愛，不僅是當時大陸內地社會的稀缺品，也是電影等文藝作品中的奢侈之物。而臺灣電影對此毫無約束地表達和藝術開發，恰恰說明了臺灣社會對道德倫理的重視。而影片在大陸的熱映，又恰恰印證了觀眾對影片主題思想的認同和呼應。更何況，《搭錯車》中的退役老兵形象，強烈但巧妙地觸及到了兩岸歷史關係形成的背景性痛楚和難言之隱。

圖片說明：就我個人而言，真正感受到臺灣和臺灣社會的影片就是由謝雨辰導演的《夜行貨車》，雖然它不無被大陸主旋律電影改造和約束的嫌疑（圖片來源：http://www.m1905.com/tag/tag-p-tagid-47330.html）

　　從《汪洋中的一條船》到《搭錯車》，到《夜行貨車》，再到《媽媽！再愛我一次》，大陸民眾開始看到了真實的、和以往政治宣教截然不同的臺灣社會和臺灣文化，進而對大陸的社會、文化和電影生產，都產生了相當的影響，對觀眾觀影心理模式的衝擊更是不在話下。譬如這些影片公映時，我剛從大學畢業做教師，和絕大多數觀眾一樣，對臺灣和臺灣電影的理解，完全停留在大陸多年來的教化宣傳框架內不可自拔，自然也沒有能力懷疑宣教政策的用意高深和目光深遠；但這些影片在滿足新奇感的同時，震撼至今的覺悟就是，臺灣和臺灣社會絕不是以往被主流媒體灌輸和描述那樣，是一個赤貧遍地、階級矛盾和階級鬥爭極為激烈的社會，而是一個物質生活富足、精神生活非常有層次、有追求的社會。

圖片說明：2000 年以後臺海兩岸局勢的發展變化，既超出了當權者的預期也超出了普通民眾的想像。正因如此，以往只體現在當權者口頭上的「共識」落實到民間並具備了現實意義和操作價值。

丙、《臺北晚 9 朝 5》：E 時代的倫理觀念和情感邏輯

　　時至今日，兩岸的電子化程度雖然大致上可以說基本同步，但 2002 年《臺北晚 9 朝 5》中的 E 時代，也就是電子化的人際交往和聯絡情形，令當時的大陸觀眾多少有瞠目結舌的新奇之感。雖然說 E 時代即電子時代生活和人際交往方式體現了鮮明的時代風格，但並沒有從本質上改變人類情感的自身邏輯

與終極走向，那就是對親情的倫理維護，對愛情的不懈追求，對真、善、美不曾變換的渴望，這也是影片的藝術魅力所在。就這部影片而言，親情是不變的，就像小馬和父親之間的父子之情；愛情是永恆的、真實的、美好的，又是殘酷的、排他的、個體化的，就像影片中的 Iden、Cola、Vivi、Ben、Eva、小馬、Cindy、Hitomi 們體味到的那樣。

小心我的蛋糕
Watch out for my cake

　　這些成雙結對、分分合合的青年男女縱情於臺北的夜色中，歡歌笑語、你來我往。表面上看起來，他們的情感狀態大多飄忽不定甚至不無混亂，但仔細看下去，其實無論對情感還是對夢想，沒有一個不是嚴肅的、真摯的、執著的；嚴肅到恨不能以獻出貞潔來證明對愛人 Ben 的愛，譬如 Eva，真摯到對男友 Cola 的反覆出軌一再容忍、最後還是為了愛嫁給女同 Iden，譬如 Vivi，執著到只要能有出鏡機會就願意先用肉身表達酬謝，譬如 Hitomi。即使是床上床下的逢場作戲也都是全情投入，認真得一塌糊塗，譬如 Cola〔註9〕。

〔註9〕其實，人的一生中有很大一部分就是逢場作戲，這裡並無貶意和消極的意思。從心理學的角度說，逢場作戲就是人格面具，就是說一個人在具體的生活當中、在不同的場合，隨著扮演的角色不同，所戴的人格面具也是不一樣的。你在大街上行走和你在臥室裏行走所使用的體態語言就不一樣，在辦公室、課堂上和在私人空間裏也是完全不一樣的。之所以說「僕人眼裏無偉人」首先是因為視角變了，其次是因為被觀察的主體的面具也變了，這是非常正常的。但有一點很清楚，那就是人格面具無論怎樣變換，佩戴者的本質很少變化。

圖片說明：臺灣的國際化地位不是一天形成的，也不是一成不變的。事實上你從《臺北晚 9 朝 5》中，根本看不到對大陸的偏狹認知和表述；相反，影片的氣度和文化底蘊倒是需要大陸多加學習的。

　　Cola 這個人本質上是不壞的，因為他具備起碼的羞恥之心，起碼的善惡觀念。看上去他似乎是見一個愛一個，「用下半身思考」，但實際上他的情感始終維繫著女友 Vivi。這種貌似人格分裂的行為意識，根源在於男性的集體無意識，區別只在於個體差異。很多人年輕的時候基本上和 Cola 差不多，即使有穩定的性伴侶也希望嘗試和擁有更多異性，這與其說是男權社會的遺傳不如說是人類的天性所致，至於能否實現是另外一個問題，但至少 Cola 是這麼想的、又是這麼去實踐的。蘇格拉底講過一個寓言：一個人穿過麥田（象徵著人的一生），想從麥田裏選擇一棵最大的麥穗（象徵著對伴侶的挑選）；有的人總以為最大的麥穗在後面，臨到頭卻發現麥穗越來越小，機會喪失，有的人一開始就選擇，隨後又發現後面還有更大的，結果後悔不已；最明智的選擇是走到一半的時候，挑一個自己碰到的最大的麥穗，以後碰到多大的都不再更換（因為人生的時間和空間有限）。

　　如果說 Cola 有錯誤，他錯就錯在：一、忘記了對他而言 Vivi 是最大的麥穗，二、Vivi 是個有思想、有尊嚴的人，說到底又不是麥穗。人生在世，除了有思想、有尊嚴、有個性，還要有技巧，就這個層面講，Cola 的上半身並沒有喪失功能，錯在了觸犯規則。所以，當黑道老大當眾揭穿他的歷史並

羞辱他之後，他最終選擇了放棄和離開：放棄 Vivi，離開他生存的城市。這種選擇意味著他對善、對美、對真的認可，意味著羞恥之心被激活、放大。否則他完全可以像個無賴那樣呆在臺北。因此，Cola 的本質並無問題，只不過他的選擇心理過於強烈，而操作技巧性差一些而已。後者的證明就是他碰了黑道老大的女朋友，忘記了他的選擇應該以不防礙和傷害別人為前提，不能夠損害強者的利益——也就是逾越了江湖規矩。因此，他被淘汰出局只能是必然結果。

小姐，你好
Hello Miss

　　Ben 和 Eva 這一對情人的關係，同樣處於影片主題嚴肅性和情感邏輯性的框架內。Ben 在遇到 Eva 之前不缺乏情愛經歷，那麼 Eva 呢？就影片的內部表述來看，Eva 沒有類似的經歷，所以她對 Ben 說：「怕你得到之後不珍惜」。而 Ben 反擊的武器是：「你大概不能保證我是不是你的第一個」。他倆遇到的是一個古老的兩性關係命題，那就是戀愛中的青年男女恐怕都希望對方是自己生命歷程中的第一個，自己這個方面就不需要或不敢保證了。這與其說是人類的自私倒不如說是人類的一種天性。Ben 和 Eva 之間的情感發展無疑是真誠的，觀眾會發現這是影片著力塑造的一對所謂正面形象。任何藝術之所以都具有一定的感召力，就是因為創作者都有一定的主觀選擇和主觀傾向摻雜其中。

　　Ben 和 Eva 的相識本身就有濃烈的色情意味——朋友們把赤裸的 Ben 當作生日禮物送給 Cindy 開心。但他倆的關係從一開始就非常正面，對此影片不遺餘力地營造他們月下談心、傾情交往的靚麗色調。乃至於他們最後的分手，也是帶著淒美的情調。說到這裡可以插一句，整個影片雖然多條線索平行展開，但總體上屬於一個封閉的敘述環，唯獨 Ben 和 Eva 最後的感情結局留下一個懸念，形成了一個少許開放的結局。譬如二人分手時相互鼓勵，Eva 說希望以後在紐約可以看到 Ben 的表演。

　　這句話不無曖昧之意，意味著什麼？是重敘舊情破鏡重圓還是今生只是看與被看的往日情懷關係？不知道。也許是，也許不是，但這都無關緊要，重要的是他們的情感從一開始就迴避了一個基礎的建立，那就是性。這是第二個古老的兩性關係命題：在男人看來，性是你對我的愛的證明，所以我要證明給你看；而女性的觀點恰恰相反，認為這不是前提而是結果。這裡似乎沒有誰對誰錯的問題，因為對於男人來說這個邏輯雖然混帳，但說到底它是一個邏輯──Cola 就是這樣指導其行為意識的：和別人做愛的時候他的確是真的，他不愛的時候也是真的：**這與性本身無關**。

Big Eyes wants 200 pills of Purple Violets

　　小馬和 Cindy 的情感邏輯更多地體現出 E 時代的情感殘酷和快速流轉的狀態。一方面，電子技術手段的先進和便捷，為人類情感的隨時釋放和對象更迭，在有限的時間內提供了無窮的便利和無限的空間。另一方面，幾乎沒有限制的釋放並不符合人類情感的能量集聚和分配原則，這就使得情感看上去是豐富多彩、活力充沛，但實際上是在加速消耗情感本能。很簡單，人類情感有一個常數，即一個總的定量，不可能是無窮盡的。這就是 Cindy 和小馬的悲劇根源。過多的一夜情名聲既損害了 Cindy 內在的清純，也降低了小馬的情慾濃度。而說到底，人類的愛情最終是以親情作為結局來規範的。小馬的死，當然是編導社會道德的選擇結果，但同時也是對 Cindy 這種人物的社會性批判〔註10〕。

〔註10〕民間有句老話形容兩性關係，叫做「前三天看人，後三天看心」。兩性間的情感發展到最後，外貌已經退到了一個相對不重要的地位，就剩下感情的支撐了。一般來說，愛情再往後發展就是婚姻框架內的親情，（但是，有無婚姻的形式並不是最重要的）。就家庭生活而言，當然有愛情最好，但這不是必需的，

生日快乐！
Happy Birthday!

對於《臺北晚 9 朝 5》中 E 時代的倫理觀念和情感邏輯的表述，一般人會忽略一個展開和討論的前提，那就是主人公們的物質條件和生存狀態。從這一點上說，假如認真思忖，身處大陸的觀眾肯定有諸多複雜的感受。此意何謂？影片中這些可愛的和不可愛的男女青年們，其倫理親情的表達和情感關係的展開，是以沒有生存窘迫和生活壓力為前提的。注意這個細節：當 Ben 和 Eva 兩情相悅後輕易地去租住一間很好的房子，朋友們跑來祝賀也只是誇房子漂亮，並沒有人打探租金問題。

他們的工作，一方面是情之所至、興之所至，譬如 Ben 對音樂的鍾情，Cola 對髮型設計的熱愛，基本上是沒有生存壓力的選擇結果。至於找工作，Eva 是個例證，美國留學歸來，合適了就做，不合適再回去。最典型的就是 Hitomi，只見她為夢想而獻身，沒見她為工作而獻身。至於 Iden、Vivi、Cindy 們，縱情狂歡是主業，工作反倒成了生活的點綴。不要譴責小馬，他打那份販毒的工，錢不是主要問題，留出足夠時間陪護瀕死的老父才是正解。

因為主導和奠定家庭關係基礎的是親情。那麼是否可以這樣表述：愛情的最高階段是親情？對於 Cindy 來說，影片結尾處為什麼安排那個醜的要死的蝙蝠俠繼續求愛呢？這也可以看作是一個開放的結局，Cindy 和他有可能走到一處，如果是這樣，主導他倆關係的，就是那份感情，因為在那個特定的環境下，他一直真心和她走過了最艱難的一段；尤其是小馬死去之後，也許 Cindy 會覺得這才是她生活當中的真愛。當然，如果小馬繼續健在，Cindy 不會選擇蝙蝠俠，因為一般人還是會選擇小馬。這個很正常，如果兩個人的感情是相同的話，小馬之所以能夠勝出是因為他的外貌。這也是人之常情，沒什麼可奇怪的。

　　換言之，不存在生存壓力的生活和情感才能如此豐富多彩，才能迸發出如此美麗的人性之花，或者讓人千回百轉、肝腸寸斷——世界上哪有單一的情感和倫理可以灌輸性表達？是生存狀態決定了一個人情感的自由與否而不是相反。如果說《臺北晚 9 朝 5》有性解放的意味，那麼性解放既是一個社會現代化程度指標，也是有物質生活條件作為前提的。明白了這一點，就會理解我為什麼對談情說愛的中國大陸電影不以為然。因為臺海兩岸的生存狀態有本質區別。

丁、結語

Hitomi 一直想在影藝界出人頭地，為此從不吝惜奉獻自己的肉體，這種基於理想主義的奉獻精神讓人看得不無心酸之感。影片結尾處，她終於如願以償，在一個莫名其妙的片子中扮演一個名符其實的花瓶，給現場的小朋友送上了一個驚喜。導演給她安排的下一個角色是垃圾桶，她問怎麼演，答曰：深沉，天下為公的感覺。這句臺詞並非完全是無釐頭。「天下為公」本是孫中山 1920 年代給中國第一代電影導演黎民偉的題詞 [9]，後來成為與國民黨奉行的「三民主義」並列的一個核心理念至今未變，類似大陸的「三個代表」、「八榮八恥」。這個細節說明的是臺灣社會文化環境，尤其是電影創作環境的寬鬆和非政治化。僅此而言，《臺北晚 9 朝 5》對隔海相望的電影生產就不無啟示意義。

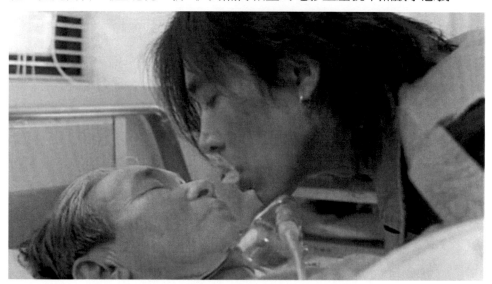

圖片說明：如果單純放大並深入解讀這幅畫面，如果將小馬父子視為臺海兩岸的骨肉關聯，那麼一切有關倫理親情的解釋就會相形見絀。實際上無人願意否認，中國的文化傳統已經根植海外有日。

從常識上來說，任何一種倫理觀念，如果是從人性的角度出發，它本身就具備了普世價值，也就是說人性是相通的，人類的親情和情愛如同愛情一樣，不應該受到種族、地域、政體、宗教、膚色、地位、年齡的限制。《臺北晚 9 朝 5》對親情倫理和情愛理念的演繹，在始終歸於中國傳統倫理的同時，臺灣的地域和文化色彩又極為濃烈，即使放在今日所謂華語電影的語境框架內，也不會把它和香港電影混同，更不會混同與大陸出品的影片。研讀《臺

北晚 9 朝 5》的意義還在於,臺灣電影本來應該是與中國大陸電影有著血脈至親的骨肉關聯:它指向歷史,更應指向當下。

因為只有這樣,才有中國和中國人的未來。

麻烦请你开快一点　我赶时间
Please drive faster. I am in a hurry

戊、多餘的話

子、中國人的外國名

除了小馬,影片中的青年男女幾乎人人都有一個外國名字。像 Iden、Cola、Vivi、Ben、Eva、Cindy,是英文名,Hitomi 顯然是日文名字。對臺灣來說,這是美、日文化深入浸透的例證,對於也趕上了全球化快車的中國大陸青年來說,這種情形也不陌生,事實上也有擴大化的趨勢。這些外國名字顯然又與人物的內在和外在形態相勾連,並非編導隨手編排。譬如作為正面形象,Eva 的美好寓意一望即知,Ben 有「笨」的諧音,不無委婉善意的批評旨趣。而 Cola 還真具有「考拉」的某些特徵,至於 Hitomi,其不折不撓、為成功在所不惜的「玉碎」勁頭,還真體現出了日本精神的民族核心氣質。

丑、名言名句

　　好電影得有好臺詞，就像經典影片很容易就可以找到經典名句一樣。《臺北晚 9 朝 5》中的 Cola 是個很搞怪的人物，但與兩句不搞怪的名言相關。一是他宣布：「在人跟天之間的，剩下的就是頭髮」。你發笑之後，又得承認他的敬業精神，稱得上是文化創意產業的先驅。另一句和他有關的，就是黑道老大辱罵他的話：「C 比 B 爛」。課堂上學生們對這句話的反應是哄堂大笑，我最初卻覺得莫名其妙。幾年後，再重溫 Cola 的另一個搞怪動作才突然明白個中緣由：大家歌廳歡聚，這傢伙突然舉起手指說：「等一下，來了，來了，大便，大便。」他女朋友大聲說：「你不是剛去過嗎？」把這個生理特徵和那句名言聯繫起來，這才發現其中奧妙和關聯。編劇的水平實在是——超前。

在人跟天之間的　剩下的就是头发
Between heaven and earth all there is hair

寅、電影分級

　　網上把《臺北晚 9 朝 5》劃為Ⅲ級（三級）[10]，從我這樣的外行的角度看，依據大概是因為胴體裸露出現了兩點畢現而沒有露毛的原因。其實電影應該分級，不分級起碼是不負責任的表現，意味著生產商把成年人和未成年人放在同一個層次上分別侮辱；一個國家或地區的電影幾十年不分級，視而不見、堂而皇之地侮辱民眾的感情和智商，至少說明了社會體制的不健全。

　　1949 年以來，許多中國大陸出品的所謂紅色經典電影，由於充斥著太多的血腥和暴力鏡頭，實際上對整個社會尤其是兒童少年的心智發育極其有害。

分級制遲遲提不上官方議程的社會原因，就其文化層面而言，在於 1949 年後的中國大陸文化的生成基礎是戰爭文化或曰階級性暴力傳統所致。

而且要给我一个角色呀！
and he promise to give me a role

圖片說明：此截圖在收入《新世紀中國電影讀片報告》（2014 年版）書時被刪除；下面的一節文字亦被刪除。

卯、臺灣的「國語」

整個影片的臺灣情調和本土文化的意味非常濃鬱，沒有誰會把它混同或誤以為香港電影，因為所有的人都講一口標準的臺灣腔國語。但當黑道老大率眾手下找 Cola 問罪時，難免讓大陸觀眾為之一驚：這傢伙竟然講一口標準的北京話，特別是那句標誌性的地域稱謂：「傻逼」。這就非常有意思。什麼意思？他顯然不是專門從大陸渡海而來的老大，然而他的根系的確來自臺灣對面這塊土地。1949 年前後，大批民國政府軍隊和幾乎同樣規模的平民與眷屬蜂擁上島（大約計一百二十萬人左右），全島「眷村」遍布，其中不乏地道正統的北平人。

有人看到這裡也許會突然醒悟，這是不是有點政治影射的含義？如果是，這是非常正常的。不要忘了大陸這邊曾經喊過幾十年「一定要解放臺灣」的口號，臺灣民眾在這段時間裏一直生活在被武力威脅和要被武力解決的心理陰影當中。這是其中可以追溯的歷史淵源，這種疑惑即問題的提出是可以理解的。但我覺得不是。雖然，從藝術作品的社會性和政治性的角度來講，它可能、也許本來是；因為，影射本身就是藝術的本能之一。其實，關鍵之處

在於，即使是影片問世十多年後的今天，影片片頭那句「請遵守中華民國法律」的臺詞和字幕，在中國大陸語境中，也依然具有歷史學和社會學意義上的前衛品質。〔註11〕

初稿日期：2004 年 9 月 13 日

初稿錄入：饒珽璐

二稿日期：2006 年 6 月 23 日

二稿錄入：呂月華

三稿日期：2012 年 9 月 7 日～18 日

配圖日期：2013 年 3 月 7 日～10 日

圖文修訂：2016 年 3 月 12 日～13 日

新版修訂：2017 年 3 月 17 日～18 日

新版校訂：2020 年 3 月 24 日

小马 你怎么还在带这个烂表啊？

要不要把我们一夜情 变成两夜情

參考文獻：

〔1〕《葉劍英委員長進一步闡明臺灣回歸祖國實現和平統一的方針政策，建議舉行兩黨對等談判實行第三次合作》，《人民日報》1981 年 10 月 1 日第 1 版。

〔註11〕本章文字的主體部分（不包括戊、多餘的話）約 8600 字，最初以《當代臺灣電影進入大陸社會的時代背景和文化衝擊──以 2002 年的〈臺北晚 9 朝 5〉為例》為題，先行發表於《浙江傳媒學院學報》2013 年第 2 期（杭州，雙月刊；責任編輯：華曉紅），本章的全文配圖版後作為第二章，收入《新世紀中國電影讀片報告》時，戊、多餘的話之寅、電影分級後面的圖片，以及卯、臺灣的「國語」被刪除，另外，「中國大陸」一詞均被改為「內地」。此次新版，全數予以恢復並以黑體字標示，並新增專業鏈接 4：影片經典臺詞、篇末的英文摘要（雜誌發表版）、影片 DVD 碟片的三幅圖片，以及並列排版的五組（10 幅）影片截圖。特此申明。

〔2〕江澤民：《為促進祖國統一大業的完成而繼續奮鬥》,《人民論壇》1995年第 3 期。

〔3〕胡錦濤：《包括臺灣同胞在內的全體中華兒女團結起來,共同為推進祖國和平統一大業而努力奮鬥》,《人民日報》2005 年 3 月 5 日第 1 版。

〔4〕百度百科〔EB/OL〕.http://baike.baidu.com/view/360001.htm

〔5〕天涯社區〔EB/OL〕. http://bbs.city.tianya.cn/tianyacity/content/333/1/205064.shtml

〔6〕《聚焦兩岸影視合作：水準高方能惹人愛》中國臺灣網〔EB/OL〕. http://www.chinataiwan.org/local/wenhuajiaoliuyuhezuo/201112/t20111216_2215674.htm

〔7〕張銳鵬.謝雨辰與《夜行貨車》〔J〕.電影評介,1986（8）：10～11.

〔8〕百度百科〔EB/OL〕.http://baike.baidu.com/view/143129.htm

〔9〕《香港電影之父——黎民偉》,DVD,監製：蔡繼光、羅卡；資料、編劇：羅卡、吳月華；導演：蔡繼光。香港藝術發展局資助,（香港）龍光影業有限公司 2001 年出品.

〔10〕夢幻天堂·龍網〉〉『在線電影區』〉〉〔06-19〕【臺灣激情誘惑爽片】——《臺北晚九朝五》〔EB/OL〕.http://www.killman.net/archiver/?tid-78129-page-1.html

Social Background and Culture Shock When Contemporary Taiwan Films Enter Mainland：Analysis on 2002 Twenty Something Taipei

Read Guide：Since the late of 1970s, a series of Taiwan films played in mainland cinemas such as *He Never Gives Up*, *Ride the Wrong Car*, *Tears in Heaven*, has brought about a great social effect, and enlightened people in mainland on Taiwan culture, through which people in mainland see a real Taiwan society, a completely different Taiwan from the one in usual political propaganda. Because of this, *Twenty Something Taipei*, a youth film presented in 2002 and played in mainland, employs its art expression on young girls and boys' ethics and emotional logic in E-times to expand mainland audience's perception of Taiwan society deeper.

Key words： Taiwan；Taiwan Films；accepting background；ethics；emotional logic；

圖片說明：在中國大陸市場上公開銷售的《臺北晚 9 朝 5》DVD 碟片。

2003 年：《盲井》
——裸露的腸腔和心裡的骨頭

圖片說明：在中國大陸市場上公開銷售的《盲井》DVD 碟片之封面、封底。

內容指要：

　　與其說《盲井》講述了兩個壞人如何謀財害命最終咎由自取的惡故事，不如說它展示的是以農民工為代表的弱勢群體在當下中國大陸社會真實的生存狀態。而影片中的主要人物姓名中的唐、宋、金、元、明、清稱謂，無不具有歷史政治學的涵義——幾乎就是貫穿中國千百年朝代更迭的線索。這種從歷史唯物主義和批判現實主義的跨

界結合中生成的人物命名寓意和邏輯，讓每一個中國人在重溫歷史沉重感的同時，又對其發展中的畸變有所警惕和反省。偽飾生活、遮蔽現實，始終是 1949 年後中國大陸電影的痼疾。第六代導演的新左翼電影作品，從不同的領域和角度、不約而同地打破了以往那種以偽生活建構偽電影的「藝術傳統」。以《盲井》為例可以看到，這種「打破」的努力和過程，既是本土化敘事的回歸，也是對形成人物性格邏輯的社會背景和歷史文化的反思批判，更是對造成當下中國大陸社會道德體系崩潰根源的追問。

關鍵詞：農民；民工；性工作者；社會環境；規矩；

專業鏈接 1:《盲井》（故事片，彩色），2003 年 2 月出品，改編自劉慶邦 2000
年發表的中篇小說《神木》；DVD，時長 92 分鐘；本片未能在
中國大陸公映。

>>> **編劇、導演**：李楊；**攝影指導**：劉永宏；**錄音**：王彧；**美術
指導**：楊軍；**剪接**：李楊、卡爾·李德；**副導演**：鮑
振江、阿龍；

>>> **主演**：李易祥（飾宋金明）、王雙寶（飾唐朝陽）、王寶強（飾
元鳳鳴）〔註 1〕。

專業鏈接 2:影片獲獎情況：

獲 2003 年第 53 屆柏林國際電影節最佳藝術貢獻銀熊獎，第
2 屆美國紐約崔貝卡電影節最佳故事片獎，荷蘭海岸電影節最佳
影片和文學大獎，塞爾維亞電影節最佳導演、最佳編劇獎，第

〔註 1〕**片頭字幕**：出品人：李楊；製作：李楊／盛唐電影製作有限公司；聯合製作：
青銅時代電影有限公司；製片人：李楊；聯合製片：胡曉葉、李樺；李楊作品。
片尾字幕：根據劉慶邦小說《神木》改編。演員表：宋金明……李易祥，唐朝
陽……王雙寶，元鳳鳴……王寶強，小紅……安靜，黃礦長……鮑振江，唐朝
霞……孫偉，馬大姐……趙俊芝，妓院老闆……王藝凝，老李……劉振起，服
務員……張露露，小芳……李豔，小麗……趙紅，王礦長……聶偉華，穆潔……
曹陽，售票員……簡成文，歌廳老闆……智磊，安全檢查員……韓朝陽，司
機……岳森誼，保鏢甲……張宏強，保鏢乙……毛永安，保鏢丙……孫勤岑，
保鏢丁……趙軍，雇主……孫合義，妓女甲……吳海曼，妓女乙……徐鑫，妓
女丙……曹麗，火化工……董治美。工作人員：編劇／導演／製片……李楊；
（中略）攝影指導……劉永宏；錄音……王彧；美術指導……楊軍；剪接……
李楊、卡爾·李德；（中略）國際發行：The Film Library。特別鳴謝（略）東
方電映沖印（國際）有限公司；李楊／盛唐電影製作有限公司。（字幕錄入：
呂月華）

27 屆香港國際電影節銀火鳥獎，第 57 屆英國愛丁堡國際電影節優秀電影獎，第 40 屆臺灣金馬國際電影節最佳改編劇本、最佳新人獎（王寶強），布拉迪斯拉發國際電影節最佳導演獎；獲 2004 年第 5 屆法國杜維爾亞洲電影節最佳影片、最佳導演、最佳男演員、最佳影評人、最受觀眾歡迎等五項大獎；以及比利時國際電影節最佳影片獎、挪威貝爾根國際電影節評審團獎等三十餘個國際獎項（獲獎時間不詳）〔註 2〕。

〔註 2〕這些獲獎信息均由鍾端梧根據網絡資料整理而來；還有一些獲獎信息如下：2003 Film by the Sea International Film Festival（Film and Literature Award）李楊；2003 Edinburgh International Film Festival（New Director's Award-Special Mention）李楊；2003　Buenos Aires International Festival of Independent Cinema （Kodak Award）unknown；2003 Buenos Aires International Festival of Independent Cinema（ADF Cinematography Award） Yonghong Liu；2003 Bratislava International Film Festival（Special Jury Prize）李楊；2004 Bangkok International Film Festival（Golden Kinnaree Award）最佳男主角王雙寶，最佳男主角李易祥。被法國《電影》雜誌評為 2003 年全球十佳影片的第二名。

專業鏈接 3：影片鏡頭統計

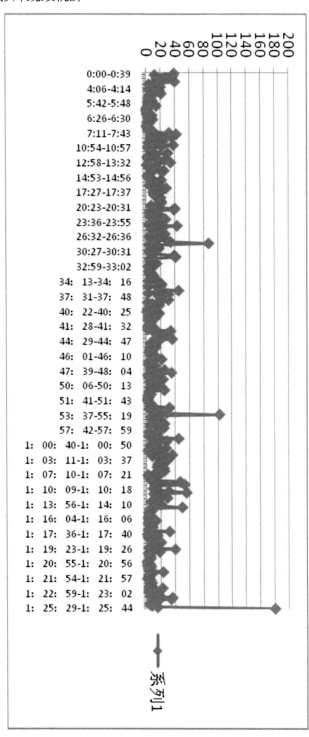

說明：全片時長 85 分 5 秒，共計 396 個鏡頭，（以上兩組數據均不含片頭片尾字幕）。其中，小於等於 5 秒的鏡頭 134 個，大於 5 秒、小於等於 10 秒的鏡頭 81 個，大於 10 秒、小於等於 15 秒的鏡頭 59 個，大於 15 秒、小於等於 20 秒的鏡頭 44 個，大於 20 秒、小於等於 30 秒的鏡頭 45 個，大於 30 秒、小於 1 分鐘的鏡頭 31 個，大於 1 分鐘、小於 2 分鐘的鏡頭 2 個；大於 30 秒的長鏡頭時長共 23 分鐘 8 秒，約占總時長的 26.16% 。

（數據統計：鍾端梧；覆核與圖表製作：李橐雄）

專業鏈接 4：影片經典臺詞

「咋了？想家了？」——「想娃了」——「你去球吧，你想孩子他媽了吧？」

「不好看，嘴大」——「咦，人家都說嘴大的女人在床上可能幹了」。

「你這出來就不怕你老婆給別人睡了？」——「俺村裏男人都出去打工了」。

「想不想回家？」——「想！」——「弟，今天就送你回家，好不好？」

「錢算個啥，一百萬也買不來俺弟的命！」——「老唐，你要是這樣說咱倆就沒法說了……算我倒楣，兩萬塊錢，中不中？我就兩萬塊錢，不中拉倒！……礦上生意也不好，這兩萬塊錢也是借的」——「我知道你們開窯的也不容易」。

「礦長，還跟他們囉嗦什麼？要不就把他倆給辦了！」——「不想活了？風聲這麼緊！」——「要不跟公安局的劉局長和張局長打個招呼？」——「拉倒吧，這些貨一來，吃喝還要拿，沒有個十萬二十萬根本打不住。不到萬一，別叫他們來」。

「把字簽了行不行？來來來，簽字……把東西收拾起來，把屍體燒了，立馬給我滾蛋！」

「說好的三萬，怎麼就變成了兩萬八了？」——「咦！你啥意思啊？那都是我爭取來的！要不下次你談中不中？」

「俺兒子學習咋樣？考得好不好？你跟他說啊，他要是考得不好我回去揍他！」

「摸摸都不中？你是幹啥的？」

「哎呀，摸能摸掉一塊肉？」

「大隊唱歌我還在第一排站著呢」——「你唱的啥歌？」——「社會主義好，來，放個社會主義好」——「你們真老土，這歌早就改詞了」。

「哎，你咋不弄了？」——「弄罷了」——「咋這麼快？」——「我緊張」——「你緊張啥，她又不咬你」——「這一百塊錢花得真冤。這一百塊錢我給孩兒不好啊？」

「別說幾百萬，我有幾十萬就知足了。我把我兒從現在到大學的錢都攢住，我一分都不花！」——「你去球吧，現在啥都沒用，有錢就中！」

「你爸媽咋當的，學費都不給你交了？」——「不怪俺爹，他出去打工賺錢，都半年沒回家」——「你看你哭啥呢，你爹發財啦，娶了個小老婆，不回來了」。

「老唐你別弄，咱是大老爺們，咱要講規矩。你弄個小孩算啥事？」——「我管他大人小孩，能賺錢就中。哎，你要沒錢，你孩兒不還是照樣出來打工？你可憐他，誰可憐你？」

「冒頂怕啥？吃飯就要拉屎，下井就可能死人。要是害怕，就別在這兒幹！」

「整頓個屁！整頓也擋不住死人。不過咱們這兒還是安全的。你們先幹幾天試試。能行就幹，不行就滾蛋！」

「你咋這麼多事。水讓你喝的，你用來洗手了。」

「俺老師說了只要我交上學費，還可以回去上學」——「俺老師也這麼跟我說的，騙你呢！學校是你家開的啊，你說回去就回去了？」

「要是把他弄死了，他家就絕後了」——「你操那心幹嘛，他家絕不絕後跟你有什麼關係。」

「在這裡幹活就老老實實幹活，不想幹就滾蛋！中國什麼都缺，就是不缺人！」

「不中？把他們都辦了！」

「你們這些女的賺錢太容易，把腿一叉就好幾百」──「你們男的不好受？」──「那你們也好受啊，憑啥光讓男的掏錢？這太不公平了！」──「這你別問我，得問老天爺去！」

「二叔，我變成壞人了！」──「我跟你說男人都要經歷這些事，經歷過後就長大成人了」──「但是我沒臉見人了，我要死了」

「鳳鳴，你想家了吧？」──「想！咋不想呢？」──「那讓你二叔送你回家吧？」──「現在不行，我錢還沒賺夠呢」。

專業鏈接 5：影片觀賞指數（個人推薦）：★★★★★★

甲、前面的話

《盲井》改編自北京作家劉慶邦 2000 年發表的小說《神木》，故事涉及煤礦生產中的安全問題。這裡的時代性背景是，在小說寫作和電影拍攝的前後，中國大陸的礦難事故頻繁，最近最大的一次就是廣東梅州的興寧礦難，死亡人數是 123 人〔註3〕。據統計，從 2000 年到 2005 年（也就是《盲井》從小說發表當年到電影出品兩年），中國大陸全國每年死於礦難的人數依次是5798 人、5670 人、6995 人、6702 人、6027 人、5986 人。作為參照，以下則是 1949～2010 年中國大陸煤礦礦難死亡人數及百萬噸死亡率統計表：〔註4〕

〔註 3〕參見《梅州大興礦難停止搶救》，原載《中國安全生產報》2005 年 8 月 30 日第 1 版。

〔註 4〕以上數據來源：《建國以來礦難死亡人數統計　2010 年比 1990 年下降 66.14%》，轉引自草木穀子 2011 年 11 月 15 日發布，新浪博客〔EB/OL〕.http://blog. sina. com.cn/s/blog_560a17e20102dtnt.html，〔登錄時間：2011-12-01〕。

年　份	死亡人數（人）	百萬噸死亡率（人／百萬噸）	年　份	死亡人數（人）	百萬噸死亡率（人／百萬噸）
1949	731	22.54	1983	5431	7.6
1950	634	14.77	1984	5698	7.22
1951	242	4.56	1985	6659	7.63
1952	513	7.72	1986	6736	7.53
1953	671	9.63	1987	6895	7.43
1954	794	9.49	1988	6751	6.7
1955	677	6.89	1989	7448	7.07
1956	622	5.64	1990	7185	6.66
1962	2498	11.38	1991	6269	5.78
1963	1583	7.29	1992	5854	5.43
1964	1173	5.47	1993	5152	4.78
1965	1026	4.43	1994	6574	5.15
1966	1478	5.88	1995	6222	4.89
1967	1238	6.02	1996	6496	4.55
1968	1651	7.52	1997	6141	4.47
1969	1972	7.41	1998	6304	5.04
1970	2903	8.2	1999	6478	6.08
1971	3585	9.14	2000	5798	5.77
1972	2453	8.41	2001	5670	5.07
1973	3984	9.55	2002	6995	4.64
1974	3636	8.8	2003	6702	3.71
1975	4526	9.39	2004	6027	3.08
1976	4826	9.98	2005	5986	2.81
1977	5474	9.94	2006	4746	2.04
1978	5830	9.44	2007	3786	1.485
1979	5429	8.54	2008	2631	1.182
1980	5067	8.17	2009	2631	0.892
1981	5079	8.17	2010	2433	0.803
1982	4805	7.21			

　　作為世界最大的產煤國，官方數據顯示，僅 2004 年一年（也就是電影《盲井》出品後一年），中國大陸的礦難死亡人數就占全世界礦難死亡總人數的 80%；每百萬噸死亡率為 3.96，（這個數據美國是 0.039，只有中國的百分之一；其

他國家的數據分別是：印度：0.42，俄羅斯 0.34，南非 0.13，中等發達國家一般為 0.4）。〔註5〕

　　作為普通民眾，尤其是遠離煤礦行業的人們，以往許多年來從常識上恐怕對這些數據沒有任何社會性意識。1949 年以後的中國大陸，每當報紙電視上報導煤礦生產的時候，往往是宣揚取得了多麼偉大的成就，譬如今年煤礦安全生產突破了多少萬噸，達到多少產值──1990 年代之前還不講 GDP，用的是「工業生產形勢喜人」一類的官話。現在人們才知道，原來國家煤炭生產都有死人指標。〔註6〕

圖片說明：沒有罪惡的世界是不存在的。因此，罪惡的存在並不可怕，可怕的是人們不知道它的存在。所以，人們知道的越多，罪惡產生的幾率就越低，即使罪惡發生，它被剷除的可能性也越大。

〔註5〕《中國產煤量占世界 33.2%，礦難亡魂占八成》，見中國煤炭新聞網，〔EB/OL〕.http://www.cwestc.com/ShowNews.aspx?newId=92652，〔登錄時間：2006-08-01〕。

〔註6〕譬如 2005 年，政府給煤礦的死亡指標是 5846 人，要求「比 2004 年下降 3%」（轉引自《名詞解釋：「死亡指標」體系》，網易〔EB/OL〕.http://biz.163.com/05/0822/19/1RPL98KC00020QFC.html，〔登錄時間：2006-08-01〕）；其中，河南煤礦的指標是，「十一五」期間，百萬噸死亡率控制在 2.0 以內⋯⋯力爭到 2010 年，死亡人數、重特大事故起數比 2005 年分別下降 18%和 15%以上（轉引自《河南省安全生產「十一五」規劃》，河南省人民政府網 2006 年 09 月 26 日發布，〔EB/OL〕.http://www.henan.gov.cn/ztzl/system/2006/09/26/010009184.shtml，〔登錄時間：2006-09-28〕）。

也許是巧合，影片《盲井》中人物講的就是河南話。這不是問題，問題在於，影片涉及的死亡，不知道是否被包括在官方安全生產允許死亡的範圍之內。實際上，如果不是這個電影，恐怕很少人瞭解這樣一種社會真實：這些人物的生死其實與安全生產無關，而與民眾尤其是底層民眾的社會生活安全有關；擴大開來講，就是與每一個生活在這個國家的每一個人的生存狀態是否安全有關。這是小說和電影為人們揭發的真相。只不過，由於電影的直觀效果和社會影響更大，以致影片一直沒有允許在中國大陸公映，所以，人們才對這些觸目驚心景象背後的社會使命倍感沉重。

這上寫 他弟弟是自己不小心摔死的

圖片說明：當欺騙、作假成為普遍現象時，它就不是「潛規則」，而是「顯規則」。而當「顯規則」替代「潛規則」的時候，不僅罪惡產生的幾率變大，成本變小，而且會從深層次上放大了人性的惡。

中國電影並不是從一開始就承擔著沉重的社會使命感，譬如表現社會真實。1920 年代之前，中國電影基本上是以翻拍京劇片段，以及展示小市民趣味的鬧劇、噱頭為賣點[1]，1930 年代之前的中國電影，基本上是鴛鴦蝴蝶派言情文學和武俠小說的電子影像版，也就是舊市民電影的輝煌時代；這其中一個重要原因就在於，當時電影所依託的文化資源是以通俗文學為主的舊文學和舊文化[2]。揭示和批判社會本來面目的沉重使命感，源於以魯迅為首的新知識分子開創的新文學傳統。

　　1930 年代初期，以左翼電影為代表的新電影的出現，標誌著社會底層民眾尤其是弱勢群體的工農階級成為電影的正面表現人物，主題思想開始與新文學的革命性同步合拍[3]。就此而言，包括《盲井》在內的第六代導演作品，其主題、題材以及人物的社會屬性表現，恢復了中斷幾十年的中國電影的平民化主體觀照視角和批判現實主義精神，尤其是揭示和直面被人遺棄的社會真實與真實表現的時候。正因為如此，我才稱之為新左翼電影。

圖片說明：很長一段時期內，或者說，迄今為止，還有許多人對現代大工業的到來充滿期待並一再為之歡呼。殊不知，任何事物的出現都有它的兩面性。僅看到一面而忽視另一面，後果很危險。

乙、中國社會底層及其弱勢群體的真實存在

　　無論是小說還是電影，《盲井》都真實地揭示了 21 世紀初期前後經濟高速發展和社會快速轉型期間，中國大陸社會底層人物的生存狀態。所謂底層和底層人物，從常識上講，首先指的是 1949 年以後中國大陸的農民。1979 年之前，他們被農村戶口牢牢束縛在沒有所有權的土地勞作上，臉朝黃土背朝天，多少汗珠不值錢，是大陸社會城鄉二元結構中人數最廣大的貧困群體，數以幾億計。

直到 2006 年,才被政府免除農業稅[註7]。作為世界上屈指可數的實行戶籍管理制度的國家,「三農」即農村、農業和農民問題,始終是中國大陸社會性難點問題,承載著歷史和現實的意識形態拷問,前途未卜[註8]。

　　1949 年以後,從普通人的角度來講,除了旅遊、吃農家飯,城里人有誰願意生活在農村?如果生在農村,那麼許多父母就肩負著一個艱難歷史使命:讓孩子到城市裏去、到外面去謀求生存。但靠考試改變自身命運的門太窄,那就只有去做農民工。而做農民工,往往不過是從社會底層轉換為另一種底層的身份置換而已,因為他們依然屬於與城市戶口相對應的農業戶口。《盲井》的人物,不分年齡、性別,走的就是這一條路。

圖片說明:離鄉背井除了意味著經濟保障能力的暫時喪失,還意味著本土意識中的道德倫理約束力量的減弱甚至缺失,這種情形如果與城市中並不健全的法治生態相結合,那麼,情況會極為險惡。

〔註 7〕《取消農業稅》,見中華人民共和國中央人民政府網站:〔EB/OL〕.http://www.gov.cn/test/2006-03/06/content_219801.htm,(2006-03-06)〔登錄時間:2006-08-01〕.

〔註 8〕農民不願種地怎麼辦?因為種了一年的地,打出的糧食往往不夠一年花費的化肥、種子和其他成本;農業怎麼發展?作為農業和人口大國,卻是世界上最大的農產品進口國。農村已經破敗、凋零,一畝三分地、天高皇帝遠的古中國農耕文明已經從體制上消亡。

　　中國大陸的底層社會還有一個主要群體，原先是勞作在城市裏的產業工人，現在大多被稱為或成為下崗職工。這個群體的當下生存狀態，其真實圖景，可參證2000年以後的中國大陸電影，譬如《安陽嬰兒》（王超編導，2001）、《孔雀》（顧長衛編導，2005）、《鋼的琴》（張猛編導，2011）。隨著經濟的快速發展和城市的無序、非理性擴張，大量農村勞動力進入包括小城鎮在內的城市。他們在承擔各種危險、繁重、低賤工作的同時，其社會地位與社會身份迅速向先前的產業工人靠攏，並被賦予一個極具中國特色的稱謂，曰「農民工」，簡稱「民工」。

　　本來，農民和工人，社會分工不同，歷史、職業和文化傳統也絕不相同。但奇怪的是，農民幹的是工人的活，結果其稱謂不僅成為文化上的普遍認同，更是現實的客觀存在，這背後的社會原因，就是1949年以後的戶籍制度。事實上你會發現，這些所謂農民，很多人其實一點農活兒都不會。作為謀生手段，他們可能在學齡期就出來打工，技術上可能不比原先的產業工人差多少；如果在城市裏生活，也許年頭比那些大學畢業後成為公務員的同齡人還長。然而到了礦山，不論是什麼礦，也不論是大企業還是小作坊，他們還是改變不了他們的農民身份和社會地位。〔註9〕

　　《盲井》中的三個主要人物全部是農民，而且是地道的農民工。只不過，中年農民宋金明、唐朝陽在外當礦工多年後，已經變成心狠手辣的壞人。他們先是假冒其他民工的親戚，然後找機會把對方弄死，再從礦主那裡訛詐撫恤金（賠償金）。影片沒有原小說交代得詳細，但他們的蛻變還是講清楚了：他們在外打工受人欺騙，就想了這麼個賺錢方法。從這個意義上說，他們是職業騙子，更是罪犯。十六歲的元鳳鳴雖是個上不起學的中學生，但在影片

〔註 9〕初版時這一個自然段的文字是放在注釋中，現移入正文。特此申明。

中，他的雙重社會身份和那兩個壞人沒有什麼區別，即屬於農村戶口的臨時礦工。中國大陸的煤礦生產，且不說國營煤礦（它的情況也十分讓人擔憂），像影片裏的那種私營小煤礦，對礦工既沒有什麼技術准入標準也沒什麼安全保障，只要能幹活你就可以來。

死了人怎麼辦？一般是不能往上報的，道理很簡單，許多小煤窯本身是非法開採，但之所以遍地開花，就是因為地方利益和私人利益的瘋狂滲透。何謂滲透？影片出品兩年後的 2005 年，廣東梅州興寧礦難發生，中央政府就此下達文件，限令公務員即政府官員從煤礦撤資，一個月內不撤完的，以黨紀國法嚴重論處；「凡已經投資入股煤礦（依法購買上市公司股票的除外）的國家機關工作人員、國有企業負責人，自本通知下達之日起 1 個月內撤出投資，逾期不撤出投資的，依照有關規定給予處罰」〔註 10〕。

死倆人算什麼

〔註 10〕摘自《國務院辦公廳關於堅決整頓關閉不具備安全生產條件和非法煤礦的緊急通知》，轉引自國家安全生產監督管理總局、國家煤礦安全監察局文件《轉發〈國務院辦公廳關於堅決整頓關閉不具備安全生產條件和非法煤礦的緊急通知〉》（安監總煤礦字〔2005〕100 號）〔EB/OL〕.http://www.chinasafety.gov.cn/2005-08/24/content_141560.htm，〔2006-08-01〕.) 許多人可能會覺得這莫名其妙。因為這就好比今天學校裏貼出公告：今後學生一律不准參與搶劫，一個月內還繼續幹的，一律開除。

各地的政府官員、公務員怎麼會合資開發煤礦？所謂私人利益滲透，就是即使沒有（事實上難免）官員入股投資，其安全生產的標準也多有漏洞，或者乾脆就是非法開採。而一旦發生人命事故，一般也會用非法手段解決，即所謂私了。假如一個礦工，無親無故的，也不真的管他到底是打哪兒來的，就是想給錢給誰去呢？死了就死了，給火葬場點兒錢燒了就結了。如果有親屬關聯的怎麼辦？《盲井》演繹給你看了，那就是拿錢平息；當然雙方也會砍價，而這個過程，影片前三分之一展示得非常清楚，雙方的心理較量令人不寒而慄。這是因為，礦主和罪犯都是從自身利益即金錢利益權衡考慮。

也許是編導當初就預先想到影片不能允許在大陸公映，因此《盲井》的片尾字幕打出了妓院老闆、妓女甲乙丙丁這樣的禁忌字眼。其實與「妓」有關的稱謂，與「農民工」一樣，都是不貼切的、不合理的、充滿社會性歧視的字眼兒。雖然中國大陸官方從來沒有承認這個職業和從業人員的正式編制，但被公開允許的稱呼是「小姐」。這本是一個在 1949 年前上流社會對未婚女性專有的高貴稱謂，但 1990 年代以後已經演變為性工作者的專有名詞。〔註 11〕如果這種公開否認或行業歧視反映在藝術作品中，那就是有意遮蔽真實或歪曲現實。包括《盲井》在內的新一代導演，其作品不僅正面表現了這種行業真實存在，還真實地展現了其社會存在的合理性和不無悲憫色彩的人文關懷。

譬如廣受關注和獲得好評的《小武》（編導賈樟柯，1997）、《任逍遙》（編導賈樟柯，2002）、《安陽嬰兒》（編導王超，2001）、《日日夜夜》（編導王超，2004）、《江城夏日》（編導王超，2006）、《讓子彈飛》（編導姜文，2010），這些影片不僅都有職業妓女即性工作者的身影，（在有的影片中，她們又被稱為按摩女），而且不乏正面褒貶。當然，和世界上任何一種行業一樣，這個行業也從來不乏譬如偷稅漏稅和職業道德缺失的不規範現象；對它的內部整肅也只能以法律的手段、而不應該用以自以為是的道德批評來完成──這與其他行業也並無不同。〔註 12〕

〔註 11〕對「小姐」和性工作者的不同與混同使用的嚴格區分，不是語言學意義上的字詞校準，而是社會學意義上的真實存在和行業領域的普及性現實。說中國大陸沒有妓女是站不住腳的，因為自古以來或者說古今中外，這本是一個常態化的正當職業。如果認定它是非法可又廣泛存在、人所共知並且行業利潤巨大，那麼，要麼是掩耳盜鈴，要麼就是行業歧視。

〔註 12〕這裡要討論的是，對這個行業的體制化漠視和社會化忽視，就如同大陸電影的分級制一樣：正視得越晚，全社會及其成員分攤的公共成本和公共風險就越高，所承受的痛苦就越大。

圖片說明：第六代導演的作品是革命性的新左翼電影，賈樟柯的《小武》（1997）就是代表之一。影片不僅反映了中國大陸小城鎮的現實，而且最早表現了社會分工意義上的新階層即性工作者的存在。

《盲井》真實地展示了這個職業存在和正常運作的普遍性、正當性。宋金明、唐朝陽的行蹤所至，性工作者們無處不在。歌廳是她們固定的和公開的營業場所，車站等客流量大的地方也是她們攬客的重點地段，（小說中，她們甚至出現在深山裏的煤礦地界）。如果仔細觀察和稍加思索就會發現，這些同樣是處於社會底層的弱勢群體成員，她們的社會身份即階級屬性，與包括宋金明、唐朝陽、元鳳鳴在內的民工一樣，絕大部分來自農村。她們和宋、唐、元唯一的區別是性別，即出售性服務的女民工；如果非要再加上第二個區別，那就是不用下井賣身。

除此之外，她們的社會地位、工作方式和糊口謀生等方面的風險性和收益性，並不比宋、唐、元這些男民工好多少。儘管如此，來消費的男人們還是抱怨道：

> 「你們這些女的掙錢太容易，把腿一叉就好幾百……憑啥光讓
> 男的掏錢？這太不公平了！」

她們的回答，倒也能與這種性別詰難無縫對接，曰：

「這你別問我，得問老天爺去！」

一百吧 行嗎

《盲井》中兩個壞人如何謀財害命的故事，其實展示了中國大陸社會至少近二十年來道德體系崩潰的一面。按道理說，一個正常的社會，歷來都認可一個道理，那就是「人命關天」。在中國人看來，死去一個人是天大的事情。但《盲井》中的人命是什麼？不過是錢的不同數額而已。唐朝陽、宋金明和礦主的討價還價，已經讓人的生命尊嚴全然消失，一切只剩下錢了。可是，就像唐朝陽和礦長討價時說的那樣，一百萬能買來我「弟弟」嗎？生命本不可以用金錢來衡量計算，但卻被赤裸裸地金錢化，並且標價非常之低。

這種個案其實有著廣泛的社會性背景。譬如中國大陸交通事故中的死亡賠償標準，外國人和中國人就不一樣。2006 年的例證是：同一架飛機，同樣是死於空難，中國大陸乘客最高賠付不超過 20 萬人民幣，外國人拿到的是這個數額的 9 倍[4]。如果說中外有別，那麼在中國內地，交通事故中的死亡賠償，又有城市戶口和沒有城市戶口的賠付標準區別。《盲井》中的礦主之所以就肯出幾萬塊錢，或者說，唐、宋二人之所以弄死一個人只掙幾萬，原因在

於死者不過是一個鄉下人而已。令人驚恐的追問是：那個被弄死的、已為人
父的鄉下人，他與一個城裏的父親有本質區別嗎？〔註13〕

他雞巴哪兒會唱歌　他就會弄那事

　　如果說，唐、宋、元們的謀生和生存境遇極為惡劣的話，（實際上是以命
相搏），那麼，他們所處的社會生活環境也同樣不堪入目，用中國大陸民眾熟
悉的三個字來形容，就是髒、亂、差。他們足跡所至（也就是鏡頭所到之處），
無論是公共環境還是個人生活環境，基本上都是無序的、破敗的和骯髒的。
屬於公共環境的街道、車站、集市等，垃圾遍地、污水橫流、塵土飛揚、膏

〔註13〕也許，當時一本暢銷書的名字可以滿足這種追問：《富爸爸與窮爸爸》[6]。
　　　　這本書的暢銷，本身就說明了社會性的道德標準與金錢衡量尺度。這種道
　　　　德突破底線的崩潰，並不是僅僅侷限於影片所展示的煤礦（所處的農村）。
　　　　譬如南京的「彭宇案」：市民彭宇見到一個老太被車撞了，主動送她到醫院，
　　　　結果家屬來了後，老太一口咬定是被他撞的；理由是，如果不是你撞的，
　　　　為什麼會送我到醫院來？糾紛鬧到法院，結果法官的判決支持老太。最妙
　　　　的是判決詞，大意是，在現在這種社會風氣下，如果不是你撞的，不可能
　　　　送原告到醫院。判決一出，輿論譁然，有痛斥老太忘恩負義恩將仇報的，
　　　　有貶斥法官胡宣亂判的[7]。其實老太和法官的邏輯自有其生成的社會原因，
　　　　那就是是非不分的社會風氣，更可怕的是，見義勇為、救死扶傷的缺失已
　　　　經成為社會共識。當然這類事情也有喜劇性的結局：倆女生上學路上，扶
　　　　起跌倒在地的老太反被誣陷，理由同上。後來社會輿論介入才最終還好心
　　　　人於清白無辜[8]。

藥一樣的小廣告貼的滿牆都是，騙子、私娼、辦假證的四處游蕩。民工自己
住的地方，硬件設置和軟環境，也同樣都沒有給人以宜居的感覺。這種亂七
八糟的環境，自然與亂七八糟的鳥人鳥事兒相匹配──這都是中國大陸民眾
天天見到的。〔註 14〕

整頓個屁 整頓也擋不住死人啊

　　再聽唐朝陽、宋金明們的言語，髒話、粗口自始至終，全是跟生殖器有
關的名詞和動詞的高頻率混用。回顧歷史就會發現，作為人物語言，其真實
性其實從一開始就被中國文學和電影接納，並與雅言韻詞共存。反倒是從 1949
年後，尤其是 1950 年代初期大陸查禁了《武訓傳》（崑崙影業，1950）、《我
們夫婦之間》（崑崙影業，1951）、《關連長》（文華影業，1951）等影片之後，
電影中的人物語言就始終與現實生活隔著一層。換言之，自那以後的電影，
人物所使用的都是無比「純潔」的語言：不是社論就是官話，結果遮蔽了生
活和歷史的真實。直到 1990 年代第六代導演作品出現，才在終結那種偽生活、

〔註 14〕即使是首都，許多地方你抬眼看去，很少有不拆遷和不是建築工地的景象。
　　　　除此之外，到處是搬家、辦證、求租、打眼、祖傳老中醫治療各種疑難雜症……
　　　　等等狗屁小廣告，塗得滿牆滿地直至馬路牙子電線杆子上。這種混亂、骯髒、
　　　　無序、沒有人負責和關心的公共環境，就是中國大陸當下真實的社會生活環
　　　　境。而每一個私人居所的內外，又幾乎都是兩個世界的對比：防盜門裏地板
　　　　鋥亮，樓道裏面卻很難看出這是文明人居住的地方……其實髒亂差不可怕，
　　　　可怕的是人們對此已經熟視無睹、習以為常。

偽電影互相幫襯的同時，恢復了包括粗糙面貌在內的人物語言真實和相關的藝術表達功能。〔註 15〕

　　歷來的中國電影，對死亡及其場景表現多有籠統和遮蔽之嫌。尤其是 1949 年後大陸的所謂的紅色經典影片，那麼大的戰爭場面和死亡場景，卻很少細節描寫〔註 16〕。中國的傳統文化歷來重生不重死，這與其說是受到孔子「未知生焉知死」的哲學思想影響，不如說，死亡向來是中國人的文化禁忌，譬如「好死不如賴活」的人文理念。問題是，活著的時候沒有尊嚴，無辜屈死後也同樣沒有尊嚴〔註 17〕。對於這個當下社會化的空缺表現，《盲井》給予真實的補充展示：元鳳鳴的父親被唐、宋二人打死後，就像一件抵押物一樣擱在停屍房，等待殺手和騙子們與礦主估價討價；交易完成，他的骨灰盒就被唐朝陽隨手丟進街邊的垃圾堆。這既可以看作底層社會和弱勢群體命運的象徵，也是其所依託的社會文化生態真實的伴生現象。

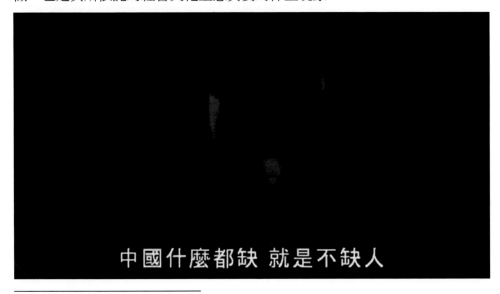

中國什麼都缺 就是不缺人

〔註 15〕生活中的語言與電影中的語言，二者當然存在區別，但是你不能無視前者的存在，更不能因此拒絕其進入藝術作品，因為生活本身你是不能迴避的。譬如那個表現女性生殖器的名詞，也就是最近幾年才被收入中國大陸出版的詞典。對此自欺欺人者，應該看看北京大學李零教授那篇才情橫溢的雄文，曰：《天下髒話是一家》[9]。

〔註 16〕往往槍炮過後，好人也好，壞人也罷，要麼一個全景或遠景，要麼一個轉場就結束了，情感衝擊力和道德感往往還不及電子遊戲；或者，你可以將其等同於真人版實景電玩。

〔註 17〕每個人早晚會有一天要在死亡那裡聚首相逢，問題是怎麼樣才能有尊嚴地、完整地完成這個過程？

丙、本土化敘事中人物性格的文化邏輯生成

本土化敘事的語境在於，1989 年以後的中國大陸主流電影舊病復發，由 1980 年代以第五代導演為代表的電影向本體回歸的努力和趨勢被中斷，整體上又試圖重蹈政化宣教的老路，特徵之一就是主旋律電影的出現──它是所謂紅色經典電影在新時期刷屏後的符碼重組新編。第六代導演出現的意義就在於此：它以真實表現完成其顛覆性的主題與表達的同時，更注重電影自身的敘述功能，並且這種敘事與人性和人的生活密切相關。（作為所謂的藝術電影，第六代導演的作品又受到同時期所謂商業電影的側翼夾擊，或者又有互滲互動的原因）。

其實任何一部作品，電影也好，小說也罷，一個故事的基本要素要具備。就《盲井》而言，兩個壞人謀財害命的歷程，完全可以採用傳統的線性敘事，但是《盲井》取一個橫截面開始敘述，7 分鐘之內就把唐、宋二人謀害元鳳鳴父親的過程交代完畢，然後所有的線索集中指向元鳳鳴逃脫噩運的影片結尾，整體篇幅完整〔註 18〕。其次，情節的發展、鋪墊，以及懸念和內在的張力設置符合邏輯，演繹完美，最後的結局出乎意料又在情理之中。

讓你二叔送你回家吧

〔註18〕此處後面的文字，初版時被放入這個注釋中，如今挪移為戊、多餘的話之卯、看不見的《臥底》。特此申明。

這種本土化敘事手法，如果非要追溯以往，那麼可以聯想早期中國電影就已經形成的電影主體的本土敘事傳統，譬如現在還能看到的無聲片《西廂記》（編導侯曜，民新影片公司 1927 年出品）和有聲片《桃李劫》（編劇袁牧之，導演應雲衛，電通影片公司 1934 年出品），這兩部影片都受到知識分子的熱捧，高票房電影譬如有聲片《姊妹花》（編導鄭正秋，明星影片公司 1933 年出品），則廣受市民階層的歡迎[5]。

《盲井》值得稱道的另一點是直指人性，真實的人性。人生短暫，藝術之所以受到關注、與人結伴終生，是因為每個個體只能線性完成一己的軌跡，而不能同時實踐另一個自我或他者的生命之路。況且人生短暫，所以人性的東西既要表現，善惡之爭更要發揚光大。因此，好的藝術作品，無論是經典小說還是經典電影，都應該發掘人性並引發審美性思考。《盲井》做到了這一點，它對人性的表露、剖析首先是真實可信的，其次是震撼人心的，然後進入到一種審美判斷。唐朝陽和宋金明這兩個殺人犯有沒有人性？不僅有，而且還非常豐滿；而他們沒有人性的一面，也符合人性自有的邏輯。這個邏輯的生成與表現，又是當下社會人們熟視無睹的歷史與文化背景造就的。

二叔 我給你買了個雞

　　影片刪去了原作中宋金明、唐朝陽害死元鳳鳴的父親後回家過年的情節，但用對話做了部分交叉剪貼還原。唐朝陽對宋金明說自己的兒子不爭氣，考不上大學；宋金明則在打電話回家時，交代老婆讓兒子好好學習，考不好就揍他。影片雖然沒有宋金明在家惶恐度日的交代鏡頭，但他身上的人性流露卻是豐滿可信的。事實上，他於心不忍、害怕報應，也就是良善的一面，從元鳳鳴一出場就被激發出來。他不同意唐朝陽拐騙元鳳鳴，依據的道理很簡單：

　　　　「咱是大老爺們，咱要講規矩。你弄個小孩算啥事？」

唐朝陽的邏輯是：

　　　　「我管他大人小孩，能賺錢就中。哎，你要沒錢，你孩兒不還
　　是照樣出來打工？你可憐他，誰可憐你？」

　　他倆的分歧，本質上是文化積澱的職業道德與反社會的個人訴求之間的對立和衝突。而當元鳳鳴認他做「二叔」的時候，這對叔侄的倫理關聯，顯然比唐叔（堂叔）更為親近和牢固。

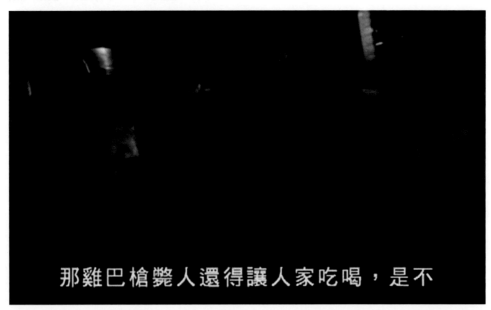

那雞巴槍斃人還得讓人家吃喝，是不

　　隨著元鳳鳴一聲聲「二叔」的稱呼，宋金明身上人性的東西逐漸復活。譬如他們趕集時發現元鳳鳴失蹤，最初還以為「貨物」逃脫，沒想到是給「二叔」買雞去了。注意雙方見面那個細節：上去先給兩個耳光，打完之後，「二叔」摟住「侄子」的肩膀——前者是中國人表達驚喜的常規行為，後者是傳達親昵的男性動作：看似對立，實則統一於邏輯的複雜。這個細節非常人性化。

當唐朝陽一再催促殺掉元鳳鳴的時候，宋金明一再推託，先是以弄死元鳳鳴會讓人家絕後的倫理緣由反對；再後，又提出這孩子還沒有過男女之歡，就這麼死了太虧。這個事完成後還是拖延，理由還是出自不成文的傳統規矩：你得給他吃頓送行飯、喝頓送行酒吧？他舉的例證是，槍斃人還得讓人吃喝（一頓好的）呢。這些還不能只用所謂職業道德來涵蓋，即不僅僅是規矩的問題，還是人性的復蘇的表現，而這一點是建立在發自內心的道德恐懼感上。這種恐懼來自哪裏？不是法律條文，不是黑社會（規矩），而是人性本身。

我看你對那孩子有點同情了吧

圖片說明：這是兩個人，是兩個合作者，也是兩個殺人犯。他們當初也是差一點成為其他殺人犯的犧牲品，現在他們成了兩個殺人犯。作為合作者，他們也有分歧，因為，他們畢竟還是兩個人。

影片中有一個原作小說沒有的橋段：一個沒錢上學的孩子在乞討，元鳳鳴向宋金明借了點兒錢給他；宋金明就問那學生是否真的考上了，得到肯定回答後，他也掏了錢。這在唐朝陽看來是非常可笑的。這場戲要說的是，不論是元鳳鳴還是那個乞討的學生，（哪怕後者是假的，就像唐朝陽判斷的那樣），他們激起的是作為父親的宋金明心底的感受。雖然他自己是個矇騙殺人的壞人，但他一直念念不忘的是要讓孩子讀書上學。

真考上高中了

圖片說明：也許是看到別人的孩子，讓他想到了自己的孩子；也許是看到別人的孩子學習好，讓他認為自己的孩子也應該是一個好學生。但離開了本鄉本土後，兩個老實巴交的農民成為窮凶極惡的罪犯。

　　影片在這一點上繼承了小說原作對當下中國大陸社會教育產業化、金錢化的批判，而且極為直觀和嚴厲。具有諷刺意味的是，兩個人瘋狂地謀財害命，恰恰是為了讓自己的孩子接受更好的教育、享有更好的生活，但這種努力是以斷送另外一個孩子的生路為前提。因此，如果再推演一下，他們的孩子受了教育以後又會如何？將來就一定會有更好的命運結局嗎？這裡不能簡單指責元鳳鳴沒有法制意識、現代通訊意識和生存風險意識，因為一個未成年人不能決定一個社會的遊戲規則，他只有服從。

　　影片中的唐朝陽看上去年齡比宋金明年長幾歲，他身上所體現的人性也屬真實。只不過，歲月、生活可以使一個人的情感、道德、良心等人性善的一面逐步喪失，甚至走向反面。通俗點兒說，人越年輕越單純、越想學好，年紀越大越複雜、很可能變成不好──不要說壞。因為在複雜的現實社會中，好與壞往往只有相對沒有絕對。唐朝陽依據的道德標準就是如此，用他反駁宋金明的話：「你要沒錢，你孩兒不還是照樣出來打工？你可憐他，誰可憐你？」

　　也許，給他們一個正當的社會空間和出路，宋金明和唐朝陽就走不到這一步。除了少數犯罪性人格，原始人性本無所謂好壞，但是會因為生存環境而有所變化。

你把它存起來 俺兒的學習咋樣

圖片說明:他在外打工掙錢,為自己的家庭盡心盡力,這是一個盡責任的男人;他是一個慈父,因此牽掛著孩子的學習。他寄回家的錢,是殺了人後得到的,現在他準備再殺一個,他是一個魔鬼。

唐朝陽和宋金明一樣,都是農民,能走到如此窮凶極惡的地步,如果僅僅從個人性格或遺傳基因去找答案,恐怕是不對路的。作為社會底層和弱勢群體成員,他們一定有過被矇騙和被欺辱的經歷。中國人本來就是守規矩的綿羊性格,老實巴交的農民更是如此。一個老農民變成殺人不眨眼的惡魔,那就要仔細考慮其人性是如何被扭曲、並且是如何迸發出邪惡的光芒的,那就不能簡單地認為人的年齡大了就變壞。

我管他大人小孩呢 能掙錢就中

影片中有一場小說中沒有的戲：他倆殺死元鳳鳴的爹去歌廳狂歡的時候，小姐們教他們唱的是改了詞的《社會主義好》。兩個人的對話表明，他們是出生在上世紀五十年代那一代人，接受的道德教育是意識形態化的灌輸：社會主義國家人民地位高。可問題是，現在他們作為人民，幹的卻是滅絕人性的事情。當小姐告訴他們跟不上時代的時候，他們應該從心裏也認可了這一點。第一，他們所做的事情跟那個時代的道德要求早已背道而馳；第二，小姐教導的「社會主義性高潮」新詞讓他們心領神會。也就是說，殺人和做愛都能使他們達到高潮——謀財害命、滿足自我需求的高潮。

丁、結語：修辭手段中的明喻和暗喻互見

小說原作的結局是：宋金明和唐朝陽同歸於盡後，元鳳鳴並沒有照「二叔」死前的叮囑去向礦主要那兩萬塊錢的撫恤金，而是實話實說，結果只得到一點路費就被打發了。影片的結尾略有不同：元鳳鳴並沒有說出唐、宋死亡真相，結果拿到了三萬塊賠償金。這個細微的改編，其震撼人心的力量不比小說遜色。作為一個真實存在的個體，元鳳鳴幾天裏經歷了兩場巨變。首先是被迫由一個未成年人向成年人過渡，性意識完全覺醒；其次，他從一個只知讀書的「傻」學生，成為一個深入複雜社會並迅速融為一體的正式成員。

圖片說明：這張截圖在 2014 年初版時被刪除。沒有人告訴我刪除理由，因為連我自己都知道這不需要理由，因為連影片本身都不允許公映。因此，可以把允許評論影片本身視為一種進步或「成績」來看待。

　　至此你會發覺，影片對元鳳鳴的成長和發展不惜篇幅筆墨，絕對不是閒來之筆，而恰恰是和影片的主題相吻合，即指向世道人心。一個剛剛綻放生命之花的小男生，美好的東西只看了一個邊兒，一場盛宴之後就陷入無邊陰冷的人性陷阱。注意片尾的定格畫面：火葬場那根高聳入雲的大煙囪，他「二叔」就是從那裡再一次用死亡和他告別。這是不是同時也激起你我心底最直接的恐懼？而且這恐懼是如此真實地貼身緊逼？因此，元鳳鳴經歷的這種巨大的轉變，仔細思量，並不侷限在影片的人物身上，事實上對所有的觀眾，他者的自我，也都是促使其猛醒的一掌。

　　其次，小說原作中更讓人猛醒的精髓，即歷史主義和批判現實主義相結合的當下意義，也被影片全盤承接。兩個謀財害命的農民唐朝陽和宋金明，殺死元鳳鳴的父親元清平時，他們的真名分別是李西民和趙上河；當他們在家過完年，再次出來尋找獵物時，又給自己新起了個名字，分別是張敦厚和王明君，（正因如此，元鳳鳴才被「命名」為王風）。影片直接刪除了「張敦厚」和「王明君」的姓名使用痕跡，沿用了他們謀害元鳴鳳父

親元清平時用的名字。這樣，影片中三個主要人物的姓名，就又具備了歷史政治學的涵義。

二叔　我變成壞人了

　　你檢索這些人名就會發現，這幾乎就是一條貫穿中國千百年朝代發展的歷史線索，那就是唐、宋、金、元、明、清──而朝陽，是不是也可以代表著 1949 年後的新中國──中國大陸？（算起來，元鳳鳴的父親，實際上與宋、唐二人年紀相仿，因此對孩子的寄託更有些新時代中的復古氣息。而且，鳳鳴這個名字是有出處的：《國語‧周語（上）》曰：周之興也，鸑鷟鳴於岐山；《詩經》曰：鳳凰鳴矣，于彼高崗）。〔註 19〕這種從歷史唯物主義和批判現實主義的跨界結合中生成的人物命名上的寓意和邏輯，功勞當然應該算在原作者劉慶邦那裡，但導演仍舊貫之，亦功不可沒。因為，每一個中國人都能在重溫沉重歷史感的同時，又對歷史發展的畸變現象產生最大程度的警醒和反省意識。

〔註 19〕括號中的文字，初版時原本放入這個注釋中，如今加入正文。特此申明。

戊、多餘的話

子、說北京話的礦主

影片裏先後出現兩個礦主，第一個顯然是當地人，證據不在於他的談判態度、仰仗的政府人脈資源和精明老道的侃價手法，而在於他口音鮮明的本地土話。相形之下，第二個礦主就有些各色：居然說一口標準的北京話，這就很有意思了。依我看這個人物具有特別的寓意，絕不是一個具體個體的指認。2000 年前後中國大陸的礦山資源被眾多資本玩家覬覦和掌握，因為商機巨大、回報驚人……，譬如當年山西很多煤礦的承包者來自浙江溫州商人……可謂日進斗金。所以這個北京老闆決不是實指，而是虛指，一定程度上代表強勢層次的管理者，以及對待礦工權利居高臨下的不屑和漠視心態。正因為如此，這些臺詞從他嘴裏說出來，不僅字正腔圓、鏗鏘有力，而且意味深長：

「吃飯就要拉屎，下井就可能死人！」

「整頓個屁！整頓也可能死人！」

「在這裡幹活就老老實實幹活，不想幹就滾蛋！中國什麼都缺，就是不缺人！」

吃飯就得拉屎 下井就可能死人

丑、演員王寶強

在片中飾演元鳳鳴的王寶強，成名於一年以後的《天下無賊》（馮小剛導演），但他扮演的那個人物──民工傻根卻沒有多大意思，只是一個符號。其實很多人都知道，中國的農民一點都不傻，譬如現在城市裏的成功人士大多是農民出身，而自以為聰明的城里人倒是大多都為他們打工謀生。《盲井》中的王寶強雖然和元鳳鳴一樣，都是第一次從偏遠農村出來闖世界，但他的表現要勝過《天下無賊》中的傻根，因為他有一個心路歷程的發展和轉變。當然，比起李易祥（飾宋金明）和王雙寶（飾唐朝陽），無論是人物把握還是表演功力，那種到位和自然，還是後輩與前輩的差別關係。

笑得太狠啦 別動

寅、風韻女子

第六代導演的作品，或者寬泛一點說，新生代導演的影片，都有一個很有意思的、共同的亮點，那就是他們的女主演（甚至是女配角）都非常出色，（似乎只有賈樟柯例外）。譬如《安陽嬰兒》的女主演祝捷，《孔雀》裏飾演配角張麗娜的安靜、飾演陶美玲的楊萌等，其光彩照人有目共睹。就連只有幾個鏡頭的小配角，譬如《讓子彈飛》中飾演大胸民女的趙銘，也是獲得喝彩一片，風頭甚至蓋過周韻扮演的女一號。這種出色不僅是指向那些女性形象豔麗迷人漂亮，更重要的是，她們骨子裏都有一種只有北方女子才有的性感風情。

1990 年代以後的中國大陸電影，號稱漂亮豔麗的女演員所在多見，但大多經不起審美意義上的品鑒，原因是沒有包括地域文化在內的文化內涵──人物的和自身的。最早讓我注意到這種現象的，是齊星編導的《押解的故事》（北京電影製片廠 2000 年出品），扮演女售票員的李雲娟，把一個中國北地底層絕色女子的風騷演繹得淋漓盡致。可惜一般觀眾的注意力大多被男主演付彪所吸引。《盲井》中也有一個如此出類拔萃的女子，那就是出演馬大姐的趙俊芝。

圖片說明：《讓子彈飛》中劉嘉玲扮演的縣長太太，與其說體現了香港電影的風格，不如說是繼承和還原了 1949 年前中國電影的文化品質。因此，她與導演姜文的混搭在精神層面達成一致。

卯、看不見的《臥底》

影片依據的原作小說作者劉慶邦，後來還寫過一個與《盲井》同樣題材的故事叫《臥底》（載《小說月報》2005 年第 3 期）。

一個報社記者想寫有關小煤礦不安全生產的稿件，便扮成民工被老闆招進去。為避免風險，他事先和家裏以及編輯部主任都商量好了對策。結果進去以後的危險遠遠超過他們的設想，手機以及鞋底下藏的錢都被沒收，和其他人像奴隸一樣被剝奪了人身自由，直接被發配到井下幹活，根本逃不出來。最後他的真實身份被發現，老闆乾脆把他放在一個筐裏面，掛在礦井裏讓他等死。好多天後記者被解救出來，但不是因為有人報警，而是煤礦出事了、死了人，上面來人檢查，才順便把他救了。

《臥底》如果拍成電影的話，故事也是相當抓人。但拍出來的《盲井》即使得了國際獎也沒擺脫內地禁映的下場，更震撼的《臥底》就只能停留在紙面上無法進入大眾的視野了。〔註 20〕

初稿日期：2005 年 9 月 6 日

初稿錄入：呂月華

二稿時間：2012 年 8 月 13 日～22 日

配圖日期：2013 年 3 月 10 日～17 日

圖文修訂：2016 年 3 月 13 日～16 日

新版修訂：2017 年 3 月 19 日～30 日

新版校訂：2020 年 3 月 25 日

〔註20〕 本章文字的主體部分（不包括戊、多餘的話）約 8700 字，最初曾以《第六代導演作品對弱勢群體的關注及其文化批判——以李楊編導的〈盲井〉為例》為題，先行發表於《汕頭大學學報》2012 年第 5 期（廣東，雙月刊；責任編輯：李金龍）。本章的全文配圖版後作為第三章，收入《新世紀中國電影讀片報告》時，被刪除了一幅影片截圖及說明文字。此次新版，全數恢復並以黑體字標示，同時將雜誌發表版提要與成書版的閱讀指要合併，並新譯了英文摘要置於篇末；此外，影片 DVD 碟片的三張圖片，以及並列排版的五組（10張）影片截圖，亦為此次新增。特此申明。

參考文獻：

〔1〕程季華.中國電影發展史：第 1 卷〔M〕.北京：中國電影出版社，1963：519～524.

〔2〕袁慶豐.中國現代文學和早期中國電影的文化關聯──以 1922～1936 年國產電影為例〔J〕.北京：中國現代文學研究叢刊，2010（4）：13～26.

〔3〕袁慶豐.1922～1936 年中國國產電影之流變──以現存的、公眾可以看到的文本作為實證支撐〔J〕.合肥：學術界，2009（5）：245～253.

〔4〕羅昌平.空難賠償莫搞國籍歧視〔N〕.北京：新聞週報，2003-11-27//中國民航網〔EB/OL〕.http://news.carnoc.com/list/32/32752.html，〔登錄時間：2006-08-01〕。

〔5〕袁慶豐.黑白膠片的文化時態──1922～1936 年中國早期電影現存文本讀解〔M〕.上海三聯書店，2009.

〔6〕【美】羅伯特·清崎，萊希特〔M〕.蕭明，譯.海口：南海出版社，2011.

〔7〕《男子自稱攙扶老太反被告上法庭（圖）》，新浪新聞中心〔EB/OL〕.http://news.sina.com.cn/s/2007-09-06/142813832114.shtml，〔登錄時間：2008-08-01〕。

〔8〕《江蘇 8 旬老太跌倒兩學生攙扶遭誣被嚇哭》，廈門網新聞中心 2011-10-29 發布，〔EB/OL〕.http://news.xmnn.cn/shxw/201110/t20111029_2048927.htm，〔登錄時間：2012-08-01〕。

〔9〕李零.花間一壺酒〔M〕.北京：同心出版社，2005.

2003：Blind Shaft——Exposed Gut

Read Guide：*Blind Shaft* not only tells a story that two bad men murdered a person for money and ruined themselves at last, but also depicts contemporary living condition of weak group in Chinese mainland, by taking migrant workers as representative. Tang, Song, Yuan, Ming, Qing in the names of main characters have a sense of Historical Politics, which pretty much refers to the dynasties in Chinese thousands of years history. The meaning and logic of these names, created by integrating Historical Materialism into Critical Realism, remind every Chinese to review the heaviness in history, and to stay alert and reflect the distortion in current development. It has been a chronic illness for Chinese mainland films since 1949, to disguise and decorate life, to shield reality. Films of the sixth generation directors, from different angles and in different fields, all break from "the art tradition" that is to construct false films with false life. The breaking efforts and process can be found in *Blind Shaft*, which returns to local narration, and reflects critically social background and historical culture to help establish characters' personalities. Furthermore, the film explores the root that is damaging the ethical value in today's Chinese society.

Keywords：farmer; migrant worker; sex worker; social environment; rule

圖片說明：在中國大陸市場上公開銷售的《盲井》DVD 碟片。

2004 年：《日日夜夜》——存在與虛無

圖片說明：在中國大陸市場上公開銷售的《日日夜夜》DVD 碟片之封面、封底。

內容指要：

　　窮人發了財找女人的低端故事不是《日日夜夜》的重點，編導只是借助當下社會的熱點現象和人們渴望的財富問題，討論了一個哲學領域的問題：有了錢以後會怎樣？財富真的能改變人的道德觀念和命運嗎？作為人類命運的個案展示，影片的敘事不僅體現出漢民族文化的沉重底蘊，而且在倫理層面對禁忌（亂倫）和情慾的拷問與表述，也具備獨特的表達方式和藝術價值。而所有這些，都是在有意強調的自然背景、社會背景和文化背景中展開體現的。

關鍵詞：命運；低端敘事；高端敘事；禁忌；亂倫；漢民族文化；

專業鏈接 1：《日日夜夜》（故事片，彩色），2004 年出品；DVD，時長 89 分鐘。
勞雷影業有限公司、羅森電影公司、法國電影藝術、中國電影集團第四分公司聯合攝製；中國電影集團公司、中國電影合作公司2004 年 5 月聯合出品〔註1〕；本片未能在中國大陸公映。

　　　>>> **編劇、導演**：王超；**攝影指導**：伊‧伊和烏拉；**錄音指導**：
　　　　　　王學義；美術指導：邱生；剪輯：周新霞；**副導演**：
　　　　　　鮑振江、烏蘭；

　　　>>> **主演**：劉磊（飾廣生）、孫桂林（飾廣生的師傅）、王瀾（飾
　　　　　　廣生的師娘）、肖明（飾廣生師傅的兒子阿福）、王錚
　　　　　　（飾廣生師傅的兒媳紅梅）。

專業鏈接 2：影片獲獎情況：

　　　　　　2004 年法國南特三大洲電影節之「金熱氣球獎」之最佳影
　　　　　片獎、電影導演「南特城獎」之最佳導演獎，以及青年評委「最
　　　　　佳影片獎」。

〔註 1〕片頭字幕：勞雷影業有限公司、羅森電影公司出品；日日夜夜；中國電影集團
公司、中國電影合作公司聯合出品；聯合拍攝：法國電影藝術；參與合作：
FONDS SUD CINEMA。出品人：方勵、楊步亭、塞萬‧伯斯坦；監製：韓三
平、克雷斯丁‧哈維、趙海城。編劇：王超；攝影指導：伊‧伊和烏拉；美術
指導：邱生；錄音指導：王學義；混錄：多米尼克‧維拉德；作曲：秦文琛；
剪輯：周新霞；製片主任：曹偉。主演：劉磊、王瀾；聯合主演：肖明、王錚、
孫桂林；製片人：方勵、塞萬‧伯斯坦；導演：王超。
片尾字幕：演員：廣生……劉磊，師娘……王瀾，阿福……肖明，紅梅……王
錚，師傅……孫桂林，酒館老闆……張光傑，小翠……沙威，礦長……郭海臣，
醉鬼……曹偉，按摩女……劉玉榮，話癆……賈過燈；參與演出：巴根、陳少
偉、邢二寶、楊占祿、孫少林、祁粉花、賈巨林、龐全有、劉補蘭、王寶利、
趙永生、吳會清。職員（略）。鳴謝：內蒙古自治區武川縣東紅勝鄉政府、內
蒙古自治區武川縣東紅勝派出所、內蒙古自治區武川縣二份子鄉政府、郭海臣
先生、雷雨淇先生、法國駐北京大使館影視專員馬克‧畢棟，米歇爾‧雷哈爾、
雷米‧布拉。國際銷售：ONOMA-Pascal Diot；中國電影集團第四分公司聯合
攝製：老雷影業有限公司-羅森電影公司-法國電影藝術。（以上錄入：田穎）

專業鏈接 3：影片鏡頭統計：

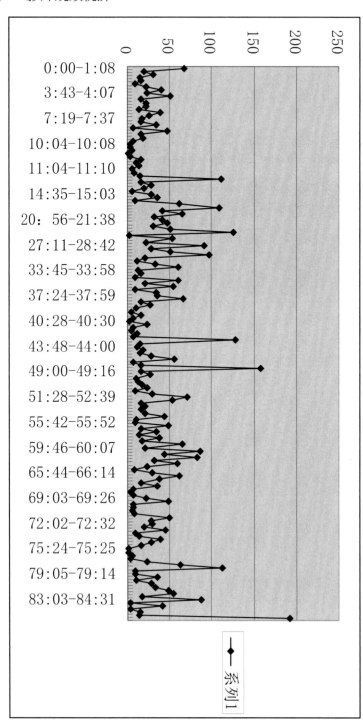

說明：全片時長 89 分鐘，共計 173 個鏡頭。其中，小於等於 5 秒的鏡頭 14 個，大於 5 秒、小於等於 10 秒的鏡頭 27 個，大於 10 秒、小於等於 15 秒的鏡頭 20 個，大於 15 秒、小於等於 20 秒的鏡頭 25 個，大於 20 秒、小於等於 30 秒的鏡頭 28 個，大於 30 秒、小於 1 分鐘的鏡頭 40 個，大於 1 分鐘的鏡頭 19 個；大於 30 秒的長鏡頭共 56 分 4 秒，占總時長的 66.7% 。

（數據統計與圖表製作：李梟雄）

專業鏈接 4：影片經典臺詞

「洗乾淨點，不然你老婆今晚不要你」。

「你得去找點錢，如果你想吃好喝好。你要是沒錢，啥也弄不成！如果你有好多錢，你還可以追到女人！沒有錢，你啥也幹不成！有了錢，一切都好辦了，啥事都容易多了」。

「我今天代表鄉黨委給大家發撫恤金，這是黨對大家的關心。大家要好好珍惜。大家離開天泉後，要用這筆錢為今後的生活做個打算。可以做點小買賣，也可以去南方富裕的城市，還可以到別的煤礦……總之，這筆錢給我們未來的生活帶來了希望。」

「我害死了我師傅，我應該再推他一把。我那個東西也鼓不起來了，我看見你，就想起我師傅。我做不了了……」。

「師傅，我對不起你！」——「廣生，你盡力了。這是命，你安心吧」——「不，師傅，有件事情你不知道。我不說，就不安心。師傅，你走以前，我和師娘好過。我犯混了……」——「廣生，我知道。我的身子骨不好，對不住你師娘。今天，你能跟我說這話，我也安心了」——「師傅，我還能為你做什麼？」——「能挖到更多的煤……我只想求你做件事，給阿福娶個媳婦，我要個孫子！」

「當家的！秋收到了，不能等了！往年，我捨不得讓俺老婆下地，今年不行了，今年，俺讓俺老婆下地了！當家的，你有老婆嗎？你娶親了嗎？」——「以後誰再亂講話，我就開除誰！」

> 「兄弟們，從今天起你們就是工人了。工人就是每月有錢拿，幹
> 得好就多拿，幹不好就不拿。你們都知道，天泉礦從前是國家的礦，
> 現在是我的了。國家為什麼給我？就是因為我能幹。我能把從前的死
> 礦變成活礦。我還要把另一個，也變成活礦！」
>
> 「炕還熱嗎？」——「你試試……」。

專業鏈接 5：影片觀賞指數（個人推薦）：★★★★★★

甲、前面的話

2006 年 6 月 27 日，《北京青年報》副刊《產業信息報》E2 版中「發言」板塊，刊登了一些外國政要有關中國大陸的言論，其中一位是剛離任的俄羅斯駐華大使羅高壽。他在回答本國記者提問中國（大陸）是否有寡頭的時候說，中國有很多富人，「但他們不干預政治，不是寡頭」〔註 2〕。媒體刊登這一段話，顯然是一種維護政府形象的輿論導向。雖然，從一般常識上來說，隨著財富的增長，所有者必然會將經濟力量和利益訴求，輻射、擴大到其他社會層面，這是歷史已經證明了的事實，在此毋庸多言。

就中國大陸十幾年來湧現出的眾多暴富群體而言，其巨量財富不僅徹底改變了他們的社會地位，獲得了以前做夢都不敢想像的一些特權。同時，他

〔註 2〕羅高壽的原話是：「我可以肯定地說沒有。在中國，沒有任何人或社會力量能同政府競爭或影響政權。中國的富人也很多，據最新統計，中國有 23.6 萬名百萬（美元）富翁，4 名擁有數十億美元資產的富翁，但他們不干預政治，不是寡頭」。羅高壽絕對算是「中國人民的老朋友」之一，從我念小學時就對他的名字很熟悉。一查資料，方知早在 1930 年代，羅老就跟著也叫羅高壽的父親，先後生活在烏魯木齊和哈爾濱總領事館；1950 年代成為中國大陸國務院的外國專家局翻譯，並供職於蘇聯駐華使館（1958），1960 年代末升為參贊；1980 年代中後期，先後擔任蘇中邊境問題談判團團長（1986）、蘇聯外交部副部長（1989）；1992 年，成為俄羅斯聯邦駐華大使，直到 2005 年[4]。羅高壽活了 80 歲，呆在中國的年頭加起來超過 28 年，其中連續當了 13 年駐華大使[5]。

們的言行舉止和心理感覺,尤其是那些來自社會底層、以前不被尊重和認可的貧寒之人,自然也會發生很大變化。

上面這段話,與《日日夜夜》的主題有關──這是王超編導的第二部影片。影片開始不久(9 分鐘處),有一段民工們下井幹活前聊天的鏡頭。其中一個嘮嘮叨叨地說:

「你得去找點錢,如果你想吃好喝好。你要是沒錢,啥也弄不成!如果你有好多錢,你還可以追到女人!沒有錢,你啥也幹不成,有了錢,一切都好辦了,啥事都容易多了」。

這一段看似個人化的方言旁白,當然是有感而發,但更重要的,這是編導為影片安排的「點題」之筆。

觀眾看到的是主人公如何有了錢,這屬於世俗層面的敘事。緊接著要面對的,就是一個終極性的問題,有錢以後會怎麼樣?人的一生究竟應該怎樣度過?這就涉及高端敘事。換言之,窮人暴富的低端故事不是《日日夜夜》的重點,編導只是借助了當下社會的熱點現象和人們渴望的財富問題,關注討論了一個哲學領域的問題:有了錢以後會怎樣?財富真的能改變人的道德觀念和命運嗎?〔註3〕

〔註3〕今天的中國大陸社會,金錢除了能夠決定人的社會地位以及其他社會成員對他的認知程度和尊重程度之外,顯然還能夠決定他的自我感覺和自我心理標尺,

作為人類命運的個案展示，影片的敘事不僅體現出漢民族文化的沉重底蘊，而且在倫理層面對禁忌（亂倫）和情慾的拷問與表述，也具備獨特的表達方式和藝術價值。而所有這些，都是在有意強調的自然背景、社會背景和文化背景中展開體現的。

你要是沒錢,啥也弄不成

乙、《日日夜夜》：道德良知對個體命運的掌控

影片故事講得很好，藝術魅力毋庸置疑，但決定高度的，是它的哲理性，而且遠遠高於其藝術貢獻。在體現道德戒律對命運的約束這一點上，東西方文化是共通的；從時間上說，它是自古至今人們所關心的一個終極性的問題，那就是人的命運是不是能夠被自己把握；把握過程中，道德良心又是怎樣在起作用？在空間上，作為一個普通之極的中國人的代表，《日日夜夜》的主人

或者說決定他對外界的態度；而且，這種決定是非常直接的，淺層次的、直觀性的。譬如昨天我和一個同事在校園籃球場旁聊天，籃球場的另一邊突然傳來一片喧嘩，其實這種喧嘩一開始就有，只不過我來的時候沒有注意到。同事說：幾個賣水的，為了互相搶了生意而吵架，都吵了一個小時了。我因此想到有句古話叫「窮吵富安然」。「吵」和「窮」是有一定的必然聯繫的。街上你經常會看到開低檔車的因為剮蹭而吵架，很少見到開豪車的這樣解決問題。同事接著說：我現在很理解他們（賣水的）了，當年我家也很窮，父母經常為給外公外婆還是爺爺奶奶一點錢鬧矛盾，因為當時就只有那麼一點有限的生活資料和貨幣，分給這邊，那邊的就少了；現在就不會這樣吵了。這裡有必要解釋一下，在1990年代，這位同事就已擁有價值百萬的原裝進口汽車。

公廣生是一個一直試圖掌握自己命運，但最終還是向命運低頭的英雄——雖敗猶榮。究其根本原因，中國人的傳統道德文化能量，是強大的、內在的驅動源泉。

廣生和他身邊的人一樣，一直想努力擺脫物質上的貧窮。影片的這個過程用了 40 分鐘，也就是全片的三分之一，重點在於精神層面，尤其是情愛心理和感情生活的開掘。他也試圖想要得到自己想要得到的東西，但是一次次的努力和失敗卻讓他發現，他的努力與他的目標恰恰是背道而馳。這主要體現在他和兩個女人的關係上。

圖片說明：《日日夜夜》截圖，本書在中國大陸 2014 年初版時，這幅截圖被出版社刪除。

首先，是他和他的師娘。師傅活著的時候，他擁有對師娘完全的肉體使用權和一半的精神所有權；師傅死於礦難之後，他卻在兩方面失去了這個女人。阿福說他娘「沒了」（死了），其實這個女人在肉體死亡之前，心已經死了。丈夫活著的時候，她的背叛情有可原；丈夫死了以後，與其說廣生認為他自己有責任，不如說她自己其實也認可這一點。因此，與其說這個女人聽從廣生的指示選擇離開，不如說她沒有辦法面對自己的良心、忍受不了道德上的煎熬。

爸没了

　　當有所約束的時候，廣生和師娘共同突破了道德禁忌——這裡面不存在誰先誰後的問題，只是你情我願、乾柴和烈火的關係。這一點，王超是很高明的，所有感官性鏡頭都拍得很講究，心理依據充分，表述豐滿。因此，當約束——那個法律上稱為丈夫的男人——消失以後，從世俗的層面上來講，他們之間不存在任何障礙，應該可以肆意而為了，兩個人卻不約而同地選擇放棄對方，結束這段孽緣。廣生生理上的障礙來自心理，（在不涉及道德的前提下，成年男性可以將情與肉分開對待，這是被世俗情理所認可的傳統），而女性的身心從來都是互為因果的一體。因此，雖然說雙方欲望依舊，但他們想用欲望麻醉道德和良知的努力卻只能失敗——女方付出的代價尤為沉重。

是我害死了师傅的

其次，是第二個女人——王紅梅的出現，再次讓廣生陷入一種師傅在世時同樣的道德困境。雖然他們之間關係的建立，最初來自心理上的相互依存和支撐，但形成的事實，卻與他和師娘當初的情感邏輯並無本質區別：她是廣生為師傅娶的兒媳婦，他和這個女人之間的愛，依然是事實上的亂倫。正因如此，廣生的痛苦才那樣不堪忍受，以至於他陪阿福和紅梅買好嫁妝後，再次走到河邊準備尋死。因為只有死亡，才能讓他擺脫又一段不倫之戀。他差一點成功了，如果不是王紅梅差一點當場死在他前面。

這場戲，既是讓雙方情慾深入的繼續，也是良心和道德最終獲勝的開端。所以，王紅梅與阿福的新婚之夜，嘔吐過後，她在鏡中驚恐地凝望自己。恐懼不是來自懷孕本身——那是她和廣生的孩子——而是來自與廣生同樣的道德恐懼和良心拷問。因此，兩人只能選擇放棄對方，只不過，這一次留下的是女人，離開的是廣生。

她是来应您征婚
想嫁到您府上的

影片的最後，用字幕告訴觀眾廣生去了省城。而在此之前，是一個長達41 秒的中景橫移鏡頭：廣生穿著合體的名牌西服站在船上，背景出現彷彿是佛像的岩石雕刻——具體是什麼古蹟、或者有無佛像並沒關係，它要告訴觀眾的是，不論他李廣生的世俗地位和物質條件發生了怎樣翻天覆地的變化，依然改變不了他卑賤的、可憐的、一個連基本的欲望都不能夠實現和達到的命運。所以，背後的景象象徵著宗教，也象徵著他對命運的低頭和認可。在此之前，他已經認識到命運的殘酷，只不過他一直不屈不撓，想要改變。這裡指的是他的性生活。王紅梅實際上給了他第二次生命，因為他從她那裡恢

復了性能力。他以為真的改變了自己的命運，但最終，他不僅要放棄讓他致富的煤礦，放棄所愛的女人，還要放棄他的孩子。因為他明白，他所做的一切都沒有瞞過已經死去的師傅，他所獲得的一切也不歸他所有。

高端敘事使影片具有不斷提升人物境界，隨時轉入哲理探尋的能力。廣生發財了，但當一個人的財富到了一個巨額高度的時候，道德和良心不僅超越了其在世俗層面的作用，而且成為主導其人生命運走向的唯一動力。這種脫離世俗、追求更高境界的動力，不是外界給予的，而是緣自於人類自身，發自於內心的一種欲求和渴望，因為他必然要向上一個層次過渡，就是超越物質，直面精神世界、直面自己的靈魂。人們平時所講的「精神的需求」、「靈魂的拷問」，指的就是這個層面的東西。其基礎，就是影片低端敘事提供的信息：廣生要犧牲自己，完成自我救贖，完成師傅的遺願，歸還不屬於自己的東西。

所以說，《日日夜夜》要表現的、要達到的，是一個哲學的高度，而不是一個人物心理塑造的高度；要刻畫表現的，也不是人的所謂精神境界，因為它討論的是一個終極問題：人為什麼活著，人又究竟應該怎樣活著〔註4〕。因

〔註 4〕在 1980 年代初期，這個答案非常明確。那時有一本非常流行的小冊子，我曾經買回來精讀無數遍，叫《人的一生究竟應該怎樣度過》，作者是團中央的敢峰，他的答案大致就是：人的一生應該投入到為人民服務當中去，建設社會主義事業。很明確的目標，這樣的話，人的意志就會很堅定。所以，那時候人們談戀愛或者結婚，都會說：讓我們攜起手來共同建設社會主義。

此，這部影片與其說是講了李廣生由貧窮變為富有的一個庸常的故事，倒不如說它講了一個人不論如何地掙扎與努力，始終不能打破自己的宿命，始終不能改變自己道德性存在的哲學故事。這種宿命背後，有許多的偶然性和必然性，而這些偶然性和必然性又不是人自身所能掌控的，它們來源於中國幾千年來積澱成型的民族文化底蘊。

这是命

丙、《日日夜夜》：對漢民族文化底蘊的體現

　　《日日夜夜》特別值得稱道的一點，是幾次出現廣生與師傅的亡靈對話的場面。這種表現手法，在 1949 年以後的中國電影中並不多見，但並非沒有成功的先例。1980 年代，中國大陸導演黃健中，就曾編導過《一個死者對生者的訪問》：主人公見義勇為，結果因為其他人沒有及時出手相助導致死亡，亡靈不斷造訪那些活著的人，而生者只能在人間忍受著來自靈魂的煎熬和道德拷問〔註5〕。這部影片強烈的思辨色彩，雖然說沒有能擺脫非常明顯的時代氛圍，但畢竟跨出了邁向終極思考的一步。相形之下，《日日夜夜》不僅直接剝離了意識形態的即時性外套，亦即擺脫了所謂「時代氛圍」的制約，而且直接上升到哲學層面展開思考。

〔註 5〕《一個死者對生者的訪問》（故事片），編劇：劉樹綱；導演：黃健中；攝影：趙非；美術設計：石建都；主演：范剛，常藍天，林芳兵，達里，史可，紀元；北京電影製片廠 1987 年出品。

我有钱了

　　幾次師徒對話的背景都是荒野中的篝火旁邊，具有非常濃重的東方宗教色彩，難免使人聯想到北魏（南北朝）時期從波斯傳入中國的「拜火教」[1]。「拜火教」主神阿胡拉·馬茲達被認為是全知全能的宇宙創造者，具有光明、生命、創造等德行，也是天則、秩序和真理的化身[2]。

　　這種背景性的選擇，當然有故事自然背景的原因，但更重要的是影片高端敘事的文化背景。它意味著在荒野之間，在火光之中，生者和亡靈的交流，打破了生死相隔的時空障礙。對於東方人來說，黑夜裏亡靈在篝火旁的幾次突然出現並不奇異和突兀，影片編排得非常流暢、自然，幾乎感覺不到人工的痕跡。其實人們都明白，所謂師傅給廣生的囑託，與其說是來自生者對死者的思念和理解，不如說來自漢民族文化底蘊積澱成型的倫理道德理念。所謂亡靈、鬼魂，所謂死者的託付，只不過是生者對逝者的情感想像和邏輯演繹。

我还能为你做什么？

　　這種安排,極見編導的藝術功力,因為廣生與師傅亡靈的對話,其場景呼應於他和師傅生前一家吃飯的情景。第一次對話時,旁邊還有阿福在場。生死相隔的對話,共享一個空間卻並行不悖,恰恰反映了生者和死者相互依存的歷史文化理念。成語中的「祖蔭庇護」、「葉落歸根」,俗話所說的「祖宗保祐」、「祖宗積德」等就是證明。影片的安排,與其說是在拍攝技巧上做出了巨大的突破,倒不如說它是在濃鬱的、詭異的宗教色彩之中做出的一種文化上的選擇和表現。其實西方也不是沒有類似的電影和場景鏡頭。譬如 1990 年的美國影片《人鬼情未了》,就是讓愛情衝破時空障礙,使生者和亡靈共處一個時空〔註6〕。

　　在中國的倫理文化體系中,「師徒如父子」,因此,情同父子的師徒情分,決定了廣生不論是貧窮還是發達,背後始終有著師傅的影子,甚至在他和王紅梅熱戀的時候。不然,就無法解釋影片最後廣生如釋重負後的那句話:「昨天我夢見師傅了」。倫理道德源於文化情結,師傅之所以自始至終跟著廣生,一個重要原因是,在師傅眼中,死是次一等的重要事情,比死更重要的是傳宗接代。

給阿福娶個媳妇

〔註6〕《人鬼情未了》(Ghost),編劇:布魯斯·喬伊·羅賓(Bruce Joel Rubin);導演:杰瑞·扎克(Jerry Zucker);主演:帕特里克·斯威茲(Patrick Swayze),黛咪·摩爾(Demi Moore);帕拉蒙影業公司(Palamount Picturesque.Inc.1990年出品。

　　何以證明逝者永生、生死相依？在師傅看來，那就是有後代繁衍。中國人的生命觀，在於子孫和祖先一脈相承，有子孫，祖先就永遠活著，所謂「不孝有三無後為大」就是這個道理。所以，影片中廣生與師傅亡靈的對話，與其說是師傅真的出現，不如說廣生面對自己的良心在自問自答，完成道德上的救贖。他當然知道師傅要什麼，因此，女人對他來說不是最重要的，最重要的是他要擔負的倫理職責；對師傅來說，他的女人其實並不重要，重要的是兒子阿福要娶妻生子，傳宗接代。

　　一般人會認為阿福是一個智障，至少有些呆傻。譬如無論是廣生和他母親偷情，還是廣生為他和王紅梅置辦結婚物品，他都顯得事不關己，漠然相對。但你稍加思索就會發覺，阿福的「呆」僅僅是表面上的，他的「呆」是一種大智若愚的「呆」。就像他父親生前知道廣生和自己的女人偷情一樣。阿福也並非是什麼都不明白，並非沒有起碼的是非判斷和道德認同感。

　　譬如影片一開始他在集市上幫著娘跟賣羊的打架那場戲，其實就說明了問題並埋下伏筆。因此，雖然後來父母雙亡，但廣生還在，所以阿福牽著那頭驢回來和廣生一起下井挖煤。對他來說，廣生就是兄長；而同屬於這個倫理譜系中的另一個兄弟，就是跟著他們一起為發家致富出了大力的那頭驢——對於生活在最底層的人來說，牲畜就是天然的家庭成員——所以當廣生告訴他，他不必下井，但驢還得下井時，他才跑過去抱著毛驢說了一大堆只有他們倆才懂的話。

　　你能說阿福傻嗎？

娘沒了

　　自此以後,阿福的大智若愚的跡象越發明顯。譬如當廣生和他一起面試新娘候選人的時候,他給人的感覺不僅一點也不傻,而且他的心理和廣生同步,也和觀眾同拍:一個也沒看上,因為那些女人看上去每一個都不合格。這是他和王紅梅最終結成夫妻的原因:廣生看上了紅梅,阿福也接受了紅梅。當他在婚宴上以新郎的身份接受眾人祝福時,注意他的神態,你會替李廣生不寒而慄。因為你會發覺這時候阿福空洞的眼睛背後,有一種洞若觀火的意味。他真的不知道他這個哥忙什麼嗎?場面越熱鬧可能他越清醒,這樣的對比開始讓觀眾不寒而慄了。

　　這個人物此時為故事留下了太多可以演繹的想像空間。回想當初,是他帶著母親遠走他鄉。再回到煤礦,他只簡單地告訴廣生,「娘沒了」。你也許會想,這個女人到底是怎麼死的?是自殺還是他殺?都有可能。如果是他殺,誰是兇手?因為除了和賣羊的打架,編導對阿福的暴力傾向也有暗示,那就是阿福兩次用刀:一次是殺羊,一次是用刀給廣生遞去烤肉。古人云,「賭近盜,奸近殺」。廣生對阿福最親近的兩個女人,都曾經有過亂倫的事實,觸犯了社會道德戒律。應該說,阿福的呆傻背後蘊積的巨大的道德本能力量,這,也是廣生最終選擇離開的原因之一。

沒有什麼能瞞住您

丁、《日日夜夜》在情慾心理及其藝術表現上的特徵

自 1949 年以來，中國大陸的電影對情慾心理，尤其是涉及到亂倫的藝術表現幾乎是真空地帶。直到 1990 年代，第五代代表性導演之一的張藝謀，用《菊豆》〔註7〕填補了空白。但是，《菊豆》中的突破性貢獻不完全來自電影本身，而是從作家劉恒 1988 年發表的小說《伏羲伏羲》改編而來——而 1980 年代的中國大陸文學創作，不僅早已突破了包括亂倫在內的情慾表現，而且產生著廣泛的社會性影響，可以說幾乎百無禁忌。就這個意義上說，2004 年的《日日夜夜》的亂倫線索不僅貫穿始終，而且具有電影本體的獨特表現。

廣生和兩個女人的情愛關係顯然屬於亂倫範疇。亂倫包括狹義的血親亂倫，以及具有強烈倫理色彩的社會關係之間的亂倫，《日日夜夜》屬於後一種。廣生和師娘之間不存在血親關係，但是雙方社會關係的倫理性並不亞於血親關係。既然「師徒如父子」，那麼，廣生和師娘就是母子關係，這在倫理範疇中和自己的親生母親幾乎沒有本質區別。同理，作為師傅的兒子，年紀比廣生小的阿福就是弟弟，這樣，紅梅又是廣生的弟媳婦。在中國傳統的宗親關係中，作為大伯子的廣生與弟媳紅梅之間有著嚴格的倫理約束，日常生活中幾近不苟言笑的地步。（與此對應的，是「長嫂如母」理念，小叔子和嫂子之間的關係就相對寬鬆，不存在類似的風俗約束障礙）。

但《日日夜夜》不僅詳盡地表現了亂倫情愛，而且自成特色。廣生和師娘激情做愛的大膽出位其實並無特別出格之處，好就好在其爆發有一個能量循序漸進的積蓄過程。譬如影片一開始，師娘跟著車從岔路口轉彎走向集市，鏡頭的內部運動和人物調度，保證了師娘身體從側面—正面—再給側面，最後是背影—臀部的自然和完整體現。著裝軀體在日常生活場景的出現，是後來她和廣生情慾高潮戲的一個必要前提。因此，當大尺度裸體畫面出現的時候，累積的情慾釋放才具有爆發力。然而，這種積累—釋放—爆發雖然尺度豪放，而且有兩場之多，卻並不是影片要特別強調的亮點。

〔註7〕《菊豆》，編劇：劉恒；導演：楊鳳良、張藝謀；攝影：顧長衛、楊輪；配樂：趙季平、Ru-jin Xia；剪輯：杜源；主演：鞏俐、李保田、李緯。中國電影合作製片公司、中國電影輸出輸入公司、德間書店、西安電影製片廠 1990 年出品。

老板,今晚我住下了

　　從影片整體上看，廣生和師娘之間的戲份只占三分之一篇幅，和王紅梅之間的故事佔據了剩餘的大部分篇幅。而王紅梅一出場，就處在一個性信息高度密集和多重疊加的中心場所，那就是廣生發跡前後經常出沒的小酒館，同時，這又是一個提供洗浴和按摩服務的低檔性場所。王紅梅出場之前，廣生已經在這裡和服務員小翠、按摩女先後有過肉體接觸。所以，紅梅的出場不僅一開始就帶有強烈的性色彩，而且還奠定著兩人不同尋常關係的基調。值得稱道的是，影片雖然明確交代了紅梅懷孕的事實，卻沒有她和廣生的激情戲安排，這首先是出於敘述技巧的需要。編導巧妙地把廣生和師娘的激情戲，轉化為他和紅梅的替代性場景敘述。因為如果同樣表現，那就是重複和拖沓了。

　　一般人會把廣生坐在火炕邊慰問紅梅的夜景戲，看作是兩人激情迸發的高峰，理由是此時兩人有伸手相握的肢體接觸，以及激情勃發的眼神交流。實際上，這只是情慾深入表達的階段，倆人兩情相悅的高峰，恰恰發生在日景戲中，這就是廣生帶著阿福和紅梅去商店選購結婚物品那場戲。

　　這場戲與其說是廣生和紅梅做愛的夜景戲前兆和前戲階段，不如說是他們靈肉相接、情慾表達趨於高潮的寫實：紅梅試衣服之前，先把暗紅色的圍巾摘下交給阿福，後者沒有反應，紅梅便把圍巾給阿福圍上。然後，紅梅把自己的紅羽絨服脫下，交給阿福，再從廣生手裏接過另一件更鮮豔的換上。

圍巾和第一件上衣，象徵著性權利和性義務名義上的暫時移交保管，而作為新娘服裝的標配，第二件紅羽絨服是從廣生手裏拿到的。加上廣生為她選配並戴上的手鏈，所有這些，形成的是一個完整的情慾交融的禮儀模式演繹。採買的被面和暖水瓶，前者與睡覺有關，後者又是女性器官的象徵。面對如此完整的信息鏈，只要對他們的感情關係稍加把握和聯想，就會體會到這裡面強烈的性暗示，或者說是性場景模擬的意味。

如果說，對這些新婚必備物品的描述和聯想不無牽強和庸俗，那麼，下一個情節就會證明它其實自成邏輯。廣生為紅梅選好鞋後，為她脫下舊的換上新的。一般的性文化研究都認為，腳是女性性器官的延伸[3]。廣生給王紅梅脫鞋、換鞋的過程，用的是一個長達 45 秒的固定鏡頭，雙方的動作都非常遲緩。這種緩慢與遲滯不僅超出了一般人的日常生活經驗，也對觀眾造成滿負荷的心理承載。事實上這已經不是日常生活景象的實拍，而是進入人物情慾心理的外在性表達。因此，雙方的動作，包括解、繫鞋帶和手腳的觸摸，實際上就可以看作是雙方著衣做愛的一種實寫。換言之，編導非常巧妙地省略了後面廣生和王紅梅裸體做愛的場景，因為已無必要。

試鞋這一段，廣生和王紅梅的激情演繹和情慾釋放的飽滿程度，一點都不亞於廣生和師娘的兩場床上激情戲。還不要說在選購物品的過程中，兩個人之間情感的默契交流與起伏變化。與此形成鮮明對比的，是不斷插入的阿

福的幾個鏡頭。阿福只是呆呆地站著，一副事不關己的神態。事實上這一節的敘事也的確與他無關，廣生和王紅梅的激情演繹和情慾釋放，已經將阿福這個名義上的丈夫排斥在外。

正因為試鞋一場戲是做愛的高潮，所以下一場戲才有了合理的解釋：他們採購完成，歸程中廣生下車走到封凍的河邊——廣生再次面臨著生和死的抉擇。上一次是因為他偷了師傅的女人，這一次他又偷了他弟弟的女人。生存或死亡，選擇的出現實屬必然。也正因如此，紅梅才跟著下車，才因此掉進了河裏。這個「掉」不是說她現實生活中掉進了冰河，而是說她在情感和肉體上已經深深地陷入了這個男人的情感漩渦之中。所以，好的電影就是有這種讓你斷點連接的空間和魅力——它們來源於藝術。

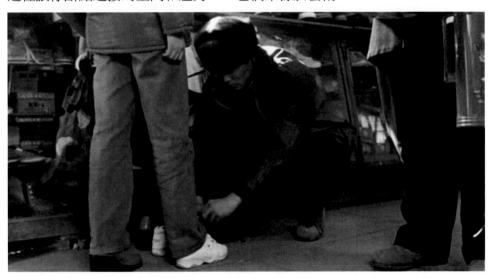

戊、《日日夜夜》中的背景呈現及其意義

《日日夜夜》的生命觀念及其相應的哲學高度，與影片中的敘事背景緊密相關。除了廣生發跡後新建的房子，包括小酒館、禮堂、百貨商店在內，影片中基本上看不到像樣的人工建築。一半以上的外景鏡頭中表現的背景都是荒野、河流、山脈、煤礦，而這正是人類生存的本來面目。也正因為如此，人性和依附其中的情慾與倫理，才能夠被更加完整地體現出來。

如果說，師傅死於礦難之前，廣生和師娘的情慾之所以表現得如此豐滿、亢奮、激昂、熱烈、渴望，有賴於荒野暗夜的襯托，那麼，廣生和紅梅之間的濃烈情感，又與裸露於陽光下的自然背景相互銜接。處於自然中的人類情

感既是原始的、本能的，又是真實的、道德的。（就此而言，影片中的激情戲，無論怎樣地裸露、刻畫，都不為過）。

《日日夜夜》的故事背景，也就是原生態背景的選擇呈現，其意義和價值還在於對真實的中國背景的如實呈現。以往的**中國大陸電影**，尤其是自然背景呈現比較多的農村題材電影，所謂自然景觀幾乎是人工打造後的偽背景，影片自然也大多成為偽農村電影。

因此，大多數第六代導演的作品，但凡在影片中涉及和表現自然背景，無不具備對類似偽背景的殺毒清零功能，以回歸藝術本體尤其是電影視聽語言的本能，譬如姜文的《鬼子來了》（2000）、賈樟柯的《站臺》（2000）、李楊的《盲井》（2003）。把它們和「第五代」導演的代表作品做一個粗略的對比，就會發現二者的屬性有多麼大的區別，「第六代」在這一層面上又有多麼大的提升。因為，即使是諸如《黃土地》（1984）和《紅高粱》（1987）中，所謂的農村背景中的自然景觀，依然是人工選擇的結果，與真實的中國自然背景相去有距。

第六代導演作品對女性形象尤其是女性情慾的表現，與中國大陸前輩導演對女性的重新發現有關，這是《日日夜夜》的文化背景。從1949年到1979年前後，**中國大陸影片中的女性**，除了被賦予人工醜化的意識形態色彩的人物，譬如地主婆、美蔣女特務外，基本上可以等同於男性，所謂女幹部、女

工人、女農民⋯⋯女領導等等,基本上被取消了性別特徵。能為愛情而不是為政治哭泣的女性形象,首先要歸功於吳天明導演的《人生》(1984),其次是陳凱歌的《黃土地》(1984)和張藝謀的《紅高粱》(1987)。

在當時文化背景中,《黃土地》、《紅高粱》這類戰爭題材的電影很容易將女性的性別色彩減至最低,幸運的是,前者最大程度地強化了翠翠基於女性身份的情愛追求,後者則忠實於原著中「我奶奶」狂野的情慾女子形象。特別值得一提的,是初編版的《一個和八個》(1983),導演張軍釗史無前例地還原了戰爭中女性面臨的最大的恐怖:不是死亡,而是性傷害。

包括第五代導演在內的中國大陸電影,能否突破權力話語的慣性掌控,始終是一個重要的指標。換言之,第六代導演這方面的革命性使他們在本質上有別於前輩的革新理念,從而深刻地觸及和反映了當下的社會背景。在《日日夜夜》中,礦難發生,死傷眾多,有關當局代表上級給眾礦工發放撫恤金,說:

> 「這是⋯⋯對大家的關心,大家要好好珍惜⋯⋯大家可以用這筆錢為今後的生活做個打算,可以做個小買賣,也可以去南方富裕的城市,還可以到別的煤礦。總之,這筆錢給我們未來的生活帶來了希望」。

然後就是點名發錢。冠冕堂皇的演講實際上迴避了官方職責,為後來的產權轉移即國有資產的流失留下隱患。影片對這一點的批評很是含蓄,只是借用領導的話說:「趕上了好時候⋯⋯過去想都不敢想」。

　　對比一下廣生發財成為礦主後，新年前夕召集眾礦工宣布放假十天並當場發獎金時的講話：「今年煤礦出了很多煤，大家辛苦了。今天我要發錢給大家，就算是獎金吧。你們回去給老婆孩子買幾件新衣服，再多買點肉，把年過好了」。然後是點名發錢。

　　兩段講話，指向各異；場景相同，實質不同。它的耐人尋味之處在於，以往的社會底層，工人和成為工人的農民，從前只有被講話的權利、被義務和被責任。現在，經濟上翻身富裕的前窮人、邊緣群體，終於獲得了話語權，而言語的內涵和形式，又對以往的權力話語及其體系形成反諷性對照。反諷本身就是對權力話語的消解，消解之際，體系的重新整合必然是大勢所趨。在包括《日日夜夜》在內的第六代導演的作品中，這種話語權力的位移和對權力話語體系形成的消解解構所在多見，這就涉及當下的社會背景或曰意識形態背景。

　　與第五代不同的一點在於，第六代導演的代表作品幾乎都全面觸及中國大陸社會的方方面面，尤其涉及到正在發生變化的社會性質變，即窮與富的階層出現與轉換，以及由此對社會本身板結化形態的描述。具體地說，舉凡其代表作品，都是關注於底層社會和底層人物的集體和個體命運，譬如賈樟柯的「故鄉三部曲」（《小武》《站臺》《任逍遙》）、王超的《安陽嬰兒》、李楊的《盲井》，以及在此討論的《日日夜夜》。

　　它們的共同的特點，就是不論何種題材和何種人物形象，發生巨變的意識形態和社會背景都是沒有被忽略的背景鋪陳。雖然，看上去影片都只是執著於具體的人物和事件，譬如《安陽嬰兒》中弱勢群體困境的形成，《盲井》中道德法律的社會性缺失，《日日夜夜》中國有煤礦的破產和產權轉移。這些影片一方面把目標放在對人性的終極探尋上，另一方面，這種探尋始終與社會體制的本質變化探尋相關聯。

　　換言之，意識形態背景始終是影片所有人物和情節的基礎，從而實現了從另一個角度和層面對政治的介入和關心。譬如《日日夜夜》中的廣生，之所以要在發財之後買一輛「北京」牌吉普，就是因為它不僅是一輛車，還是一種權力、地位的象徵，更是一種具有鮮明時代特徵的社會意識形態符碼。

今天,我要发钱给大家...

己、結語

　　《日日夜夜》達到的高度、深度和廣度，在第六代導演中是極為罕見的。這部電影，已經突破了包括王超自己在內的「第六代」導演近十年來在思想和藝術領域的成就，其努力的層次、達到的深度，已經進入到哲學範疇──這一方面，目前似乎只有姜文能與之比肩。對王超自己來說，這部影片在思想性、藝術性和社會性方面的努力，也不比他自己 2001 年編導的《安陽嬰兒》遜色。就這個角度而言，對於《日日夜夜》的評價，再多的讚賞和溢美之辭也不為過。

　　如果再做一個橫向對比就會發現，2004 年《日日夜夜》所蘊含的哲理意味與社會意義，和余華的長篇小說《兄弟》（上集，2005，下集，2006）多有聲氣相通之處。電影《日日夜夜》中李廣生和阿福兩兄弟，與小說《兄弟》中的李光頭和宋鋼，都是一個強勢，一個弱勢，但始終不忘兄弟情緣。其中都有一個兄弟從貧賤到暴富，從情慾得不到滿足，到為所欲為的亂倫階段的境遇。不同之處在於結局，廣生暴富之後主動將家產和女人留給弟弟，然後遠離故鄉；李光頭則是暴富以後娶了哥哥宋鋼的妻子林紅，宋鋼死了以後，李光頭又準備玩兒做宇宙飛船的遊戲了。

《日日夜夜》和《兄弟》之間的巧合，在我看來，是2000年以後中國大陸電影和小說試圖回歸1980年代文藝黃金時代的一種不約而同的努力，即試圖對二十一世紀的中國大陸社會和文化生態，給予本土化語境中的人文觀照和獨到呈現。

庚、多餘的話：

子、姓名民俗學

影片中有個很好玩兒的現象，就是那些農民工的名字。先看一下前後兩任礦長點名的名單：

第一次：趙美青、趙根陽、李愛國、吳秀蓮、李從前、王奉紫、李廣生、李文貴、李麗萍、郭英、王卜女、董小寶、古心志。

第二次：馬老四、陳三平、王滿雲、應國才、丁富才、馬六小、趙二貴、李文玲、趙小紅、馬滿月、賈全亮、趙文宏、李樓虎、趙春寶、劉寶貴、張顯平、李阿炳、孫飛武、張泉宏、王起立，吳四平、蔣華。

第六代電影招人喜歡的一個原因就是，除了思想性上不做假，細節上也不做假。證據之一就是這些人物姓名的選擇，認真、求實。以我在影片拍攝地區左近的生活經歷而言，我甚至懷疑導演就是安排礦長們把那些群眾演員的名字直接念了出來，或者是指派副導演抄了一份當地民眾的花名冊。

不信看看片尾這兩段字幕。

一是《演員表》：廣生……劉磊，師娘……王瀾，阿福……肖明，紅梅……王錚，師傅……孫桂林，酒館老闆……張光傑，小翠……沙威，礦長……郭海臣，醉鬼……曹偉，按摩女……劉玉榮，話癆……賈過燈；

二是參與演出者的名單：巴根、陳少偉、邢二寶、楊占祿、孫少林、祁粉花、賈巨林、龐全有、劉補蘭、王寶利、趙永生、吳會清。

對比這些名字就會發現，除了專業演員——從他們的名字就可以看出來——這些人的名字，都是中國大陸西北地區農村極其典型的命名思路、語言習慣的民俗化反映，帶有強烈的地方區域人文色彩。尤其是那些用黑體字標出的人名，更是人文合一的地方土特產。需要注意的是，帶有「粉」、「女」的名字，可能恰恰就是男人。我最喜歡的名字是賈過燈，（這個演員演的實在是好，震過有些專業演員）。

马六小!

丑、沉默的大多數

絕大多數第六代導演的作品中，主人公和群眾演員基本上呈現一個特徵，那就是：沉默，沒有表情，沒有笑容，只有被動的動作，似乎沒有自身的存在感。這一點多少應該是從第五代導演那裡承襲的傳統特徵之一。

王超的作品就是如此，譬如《安陽嬰兒》中，整個故事中你就沒看過一個人開心地笑過，連男女主人公做愛時也是無動於衷的模樣。《日日夜夜》中，

師娘看到阿福和廣生鬧著玩兒的時候笑了，但她和廣生做愛的時候同樣也沒有歡笑。民工們領獎金、喝喜酒的時候笑過，但是和這些笑臉相對應的，是廣生和紅梅的沉靜、阿福和紅梅的漠然。這些屈指可數的笑容，讓人感覺好像他們就是不會笑。

他們為什麼會是這個樣子？這恐怕是當下**中國大陸**社會生活中國民性的體現特徵之一，那就是活得很累，尤其是對大多數生活在底層的人物來說，這是其原生態生存面貌的直接體現。《日日夜夜》的主題是側重對人性終極方面的考量，因此對於廣生來說，他的沉默和愁苦是因為他心靈上背負的東西太沉重，他有什麼可（歡）笑的？先是迫於生存的壓力，然後是道德良心的拷問。和《安陽嬰兒》的主人公一樣，對現實人生，他們只有沉默，表情只有漠然和呆板。更重要的是，觀眾也沒辦法笑臉相對，尤其是《安陽嬰兒》。

寅、畫面的美學風格

對固定長鏡頭的偏愛，對畫面構圖、色彩、層次等唯美效果的追求，既是**中國大陸**第五代導演藝術風格的體現之一，也是第六代導演廣泛承接的傳統表現手段之一。有所不同的是，以《黃土地》、《一個和八個》、《紅高粱》等為代表的第五代導演作品，更喜歡追求色彩濃烈的效果，以意象取勝。

相形之下,《日日夜夜》裏面色彩運用更趨於樸素,相對來說更為淡雅,同樣使每一個畫面具有一種油畫的效果,對自然風景的表現,有時候甚至有一種景物寫生的效果。這裡面沒有誰對誰錯、誰更高超的追問,它與時代審美氛圍和主題思想有關。〔註8〕

初稿日期:2006 年 7 月 4 日
初稿錄入:呂月華
二稿日期:2012 年 8 月 24 日～9 月 6 日
配圖日期:2013 年 3 月 17 日～4 月 6 日
圖文修訂:2016 年 3 月 14 日～17 日
新版修訂:2017 年 3 月 31 日～4 月 6 日
新版校訂:2020 年 3 月 26 日

〔註 8〕本文的主體文字部分(不包括甲、前面的話的第一自然段,己、結語的第二、三自然段,以及庚、多餘的話)共約 10000 字,最初曾以《第六代導演作品的審美高度與哲理思辨——以王超的〈日日夜夜〉為例》為題,先行發表於《學術界》2012 年第 10 期(合肥,雙月刊;責任編輯:黎虹),全文的配圖版後作為第四章,收入《新世紀中國電影讀片報告》。此次新版,除了恢復被刪除的一幅圖片(即乙之第一幅圖片)及相關詞語(用黑體字標示)外,還新增了**專業鏈接4:影片經典臺詞**、篇末的英文摘要(雜誌發表版)、影片 DVD 碟片的三幅圖片,以及並列排版的三組(6幅)影片截圖。特此申明。

參考文獻：

〔1〕陳垣.陳垣學術論文集（第一集）〔M〕.北京：中華書局，1980：305.

〔2〕林悟殊.波斯拜火教與古代中國〔M〕.臺北：新文豐出版公司：1995.

〔3〕【英】哈夫洛克·埃利斯.性心理學〔M〕.陳維政，王作虹，周邦憲，袁德成，龍蔡，譯，貴州人民出版社，2004：127.

〔4〕維基百科〔EB/OL〕.http://zh.wikipedia.org/wiki/%E7%BD%97%E9%AB%98%E5%AF%BF，〔登錄時間：2012-08-01〕.

〔5〕孫長棟.羅高壽：用一生書寫中國情緣〔N〕.上海：文匯報，2012-04-12（6）.

On Aesthetic Quality and Philosophical Thought in the Films of the Sixth Generation of Chinese Directors： Analysis of Wang Chao's Night And Day

Read Guide：Making great fortune overnight is not the emphasis in *Night And Day*, which use current hot topics and people's hunger for fortune to focus on a philosophical question：What will happen after getting a good fortune? Can fortune change people's moral values and fate? To describe people's life, the narration of film not only embodies the cultural traditions of Han nationality, but also has a particular style and art value by questioning taboo, incest and ardor at the level of morality. All of these are explored against special natural, cultural and social background.

Key words：fate；low-end narration；high-end narration；taboo；incest；culture of Han Chinese；

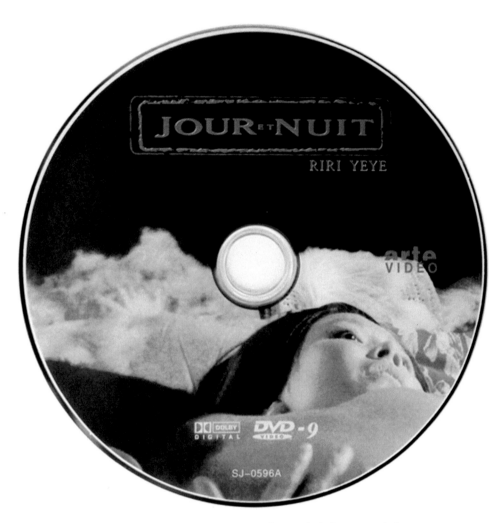

圖片說明：在中國大陸市場上公開銷售的《日日夜夜》DVD 碟片。

2005 年：《孔雀》──故事就是歷史

圖片說明：在中國大陸市場上公開銷售的《孔雀》DVD 碟片之封面、封底。

內容指要：

　　公映版本的《孔雀》儘管多有刪減，但無法阻擋影片進入近三十年來中國大陸經典影片行列的趨勢。影片以忠實於時代和歷史的態度，展示了「文革」時期內地小城的風情畫卷。愛欲得不到正常表達和釋放的姐姐，淪為普通民眾日常生活公共娛樂品的弱智哥哥，以及自卑的（男同）弟弟，無不是 1970 年代中國大陸社會弱勢群體的典型形象。《孔雀》的成就，建立於對電影敘事功能全面恢復的基礎之上。因為，講好了故事，也就留住了歷史。

關鍵詞：第六代導演；新左翼電影；青春期；「文革」；傻子；公眾娛樂用品；

專業鏈接 1:《孔雀》(故事片,彩色),2005 年出品;英文片名:Peacock,
DVD,時長 141 分鐘 43 秒;2005 年 2 月 18 日在中國大陸首
映。

>>> **編劇**:李檣;**導演**:顧長衛;**攝影**:楊樹;**錄音**:武拉拉;
美術:黃新明、蔡衛東;**剪輯**:劉沙、闊濤;**執行導
演**:劉國楠;**副導演**:成捷;

>>> **主演**:張靜初(飾姐姐高衛紅)、馮礫(飾哥哥高衛國)、呂
玉來(飾弟弟高衛強)、黃梅瑩(飾媽媽)、趙毅雄(飾
爸爸)。〔註 1〕

〔註 1〕《孔雀》片頭字幕:北京保利華億傳媒文化有限公司;顧長衛導演作品;顧
問:賀平;監製:馬寶平;出品人:董平;製片人:董平、顧長衛;《孔雀》
(PEACOCK)。
片尾字幕:主演:姐姐(高衛紅)……張靜初,哥哥(高衛國)……馮礫,弟
弟(高衛強)……呂玉來;編劇:李檣;攝影師:楊樹;美術師:黃新明、蔡
衛東;作曲:竇鵬,錄音師:武拉拉;剪輯:劉沙、闊 濤;服裝師:相紅輝;
導演:顧長衛;執行製片人:二勇;謝謝雯麗;出演演員:媽媽……黃梅瑩,
爸爸……趙毅雄,果子……劉磊,男傘兵……於小偉,金枝……王瀾,小王
……石俊暉,張麗娜……安靜,張喜……劉國楠,乾爸……王英傑,語文老師……
宗平,陶美玲……楊萌,同桌女孩……李文穎,胖姑娘……龔娜,胖姑娘姐
姐……王彤,劉師傅……鮑振江,鋼炮……黃靜圍、劉子辰,姐姐女兒……周
美惠,雲南丈夫……孫磊;執行導演:劉國楠;副導演:成捷;(中略)協助
拍攝:安陽市委市政府、安陽市委宣傳部;鳴謝:北京野生動物園、安陽市中
原賓館、安陽市公安局、安陽市師範學院、安陽市人民公園、開封市宗教局、
開封市主修院、開封市汴京公園;北京保利華億傳媒文化有限公司出品。(以
上錄入:李豔)

專業鏈接 2：影片獲獎情況：

　　2005 年獲第 55 屆柏林電影節評委會大獎銀熊獎、第十四屆
上海影評人獎最佳女演員獎（張靜初）、第二十五屆金雞獎最佳
女配角獎（黃梅瑩）；2006 年獲第六屆華語電影傳媒大獎最佳導
演獎（顧長衛）、最佳女主角獎（張靜初）、最佳新演員獎（馮礫）、
最佳編劇獎（李檣）[1]。

專業鏈接 3：影片鏡頭統計：

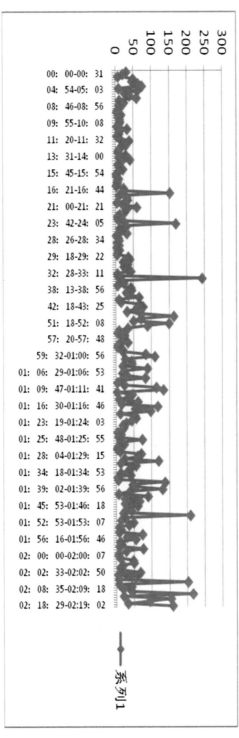

　　說明：全片時長141分鐘43秒，共計226個鏡頭。其中，字幕鏡頭3個（片
　　　　頭字幕31秒，片名字幕7秒，片尾字幕160秒），小於等於5秒的鏡
　　　　頭16個，大於5秒、小於等於10秒的鏡頭35個，大於10秒、小於
　　　　等於15秒的鏡頭30個，大於15秒、小於等於20秒的鏡頭14個，
　　　　大於20秒、小於等於25秒的鏡頭22個，大於25秒、小於等於30
　　　　秒的鏡頭11個，大於30秒、小於等於35秒的鏡頭15個，大於35
　　　　秒、小於等於1分鐘的鏡頭38個，1分鐘以上的鏡頭42個。

（數據統計圖表製作：李梟雄）

專業鏈接4：影片經典臺詞

　　　　「還等啥？你覺得好工作都等著你？你以為你是神仙，啥都看不
上眼。這工作已經不錯了，總比讓你去刷瓶子強！」

　　　　「這也不行那也不幹，她想待業到哪一年？」

　　　　「你說話真好聽，跟那喇叭裏的廣播員一樣」──「我們家是北
京的。哎，那你呢？」

　　　　「這事兒我可幫不了你，這不是幫忙的事兒，得公事公辦。咱明
天再打。明天吧！」

　　　　「我這還有一塊錢呢！給你用吧！」──「你真有錢啊！簡直像
個資本家」──「我總共就這麼多了，不騙你」──「中，等我回來
搜你」。

　　　　「把降落傘還給我！」──「我為啥要還你？」──「那是我的
東西！」──「我撿的就是我的！」

　　　　「我準備……我決定要結婚了」──「跟誰？」

　　　　「小王，你會和我結婚不會？」──「可咱才見了幾回？你會捨
得嫁給我？」──「那有啥不捨得，誰都會結婚，又不光是我一個人」
──「咱要不要再相互瞭解一段時間？」──「瞭解得再多，我也沒

有多好，你也沒有多壞。如果咱倆結婚，我只有一個條件」──「你說」──「幫我找一個新工作，別讓我再刷瓶子了。不想再跟那一幫女人在一塊兒」──「中，我會想辦法的。不管咋樣，咱也是領導的司機，求領導辦一個事兒，應該沒有啥問題」。

「我想，我想讓你幫我買本書」──「啥書？」──「你別問」──「那我咋說？」──「你就說，說買兩毛四一本的粉紅皮，五個字」──「中」。

「我要本書，兩毛四，粉紅皮，五個字」──「是這本不是？別走！找你錢！」

「就恁天天說我吃虧，我根本就沒有吃虧！」

「哎，你咋來了？好久不見啊」──「求你幫一個忙」──「啥事？」──「有人欺負俺哥，幫我打他們。算我欠你一個人情」──「你是不是一直覺得我是個流氓？走啊！」

「有人笑你」──「誰笑我？」──「別人唄！」──「笑我啥？」──「笑你啥？笑你沒本事。我都這麼大了，都沒人給你孩子介紹對象。人家不笑恁孩子，能不笑你？反正我是不怕丟人，只要你不怕丟人就行」──「你跟著爸媽過不是挺好？俺都可以照顧你，啊？」──「恁總不能照顧我一輩子吧？恁死了以後誰管我？」──「那你告訴媽說，喜歡誰？」

「是這樣的，俺家孩子腦袋有點笨。他得過腦病，但他人很善良，他可能在路上看見過你，有點喜歡上你了」──「哼，你是個二百五！」

「恁弟弟是誰？」──「俺弟弟就是俺弟弟。」

「你準備一直跟著我跑？你這樣下去，只會越來越像條狗。你以為我對你好？我掃垃圾，是瞧你可憐。小騙子！」

「你還有啥要求，就直說」──「沒有啥，能嫁到城裏頭，是俺上輩子修來的福分。除了四十八條腿以外，就倆條件：一、分出來單過；二、俺倆都沒有工作，給個本錢做個小買賣。」

「我小的時候得了個病，就胖了」──「那你妹你弟為啥不得病？偏叫你得？他們偏心，對你不好！俺爸俺媽對俺也不好，他們對俺哥俺弟弟好。他們喜歡男的，不喜歡女的。胖子，俺小時候得了腿病，他們覺得俺是個女的，不捨得花錢治，俺才成了瘸子。要不俺才不會

　　嫁給你，你也不會娶了俺。胖子，你記得，啥人都靠不住，只有俺看得起你，你看得起俺」。

　　「你為啥沒娶陶美玲？」──「中看不中用，不會生孩子要她幹啥？」

　　「現在社會，沒知識是萬萬不行的，你一定要好好學。恁姐恁哥都是個廢物，你死活不能跟他倆一樣。拿你的作業本給爸瞧瞧」

　　「我不是你爸！這也不是你家！走！一輩子不要回來！」──「不回來就不回來！」──「滾！滾，你這個下流的東西！早晚你都要蹲監獄！滾！鄰居們都來瞧啊，瞧俺家出了個流氓！」

　　「要讓我表現得更好，就別讓我工作了。我提前退休，把身體養得棒棒的，好好伺候你，帶好孩子」──「早知道就不會跟你結婚了。以前養一個人，現在養倆人」。

　　「我剛才還跟俺弟弟說，你會永遠愛著我」──「你……你貴姓啊？」

　　「他是誰啊？」──「一直愛著我的人」──「他跟你說啥？」──「他說永遠愛我」──「他孩子都那麼大了」──「那有啥稀奇的，我也會有我自己的孩子」。

　　「胖子，等咱孩子生了，買倆孔雀養院裏頭」──「咱自己蓋個動物園，住到裏頭天天瞧」。

專業鏈接 5：影片觀賞指數（個人推薦）：★★★★★★

甲、前面的話

　　看完《孔雀》，一般人都會想到兩個問題，首先，這顯然是一個被刪節了的版本，問題是哪些人物、情節、場景，乃至臺詞被刪掉了？這個問題很複

雜,導演對記者的解釋中只是提到了「刪減」和調整[2],但都是從創作的角度去談的,與觀眾關心的重點沒有銜接;反倒是製片方提前出面闢謠,聲稱影片既沒有刪節,也沒有裸戲和同性戀橋段[3]。第二個問題提的人多一些,並且包含兩個層面:影片為什麼叫《孔雀》?影片結尾處一家人都去看孔雀,這是什麼意思?記者的訪談也有這個意思,但導演語焉不詳,似乎更願意讓影片本身說話[2],或者說,讓觀眾自己去自問自答。我讚賞導演的態度,也更理解導演的苦衷。

圖片說明:年輕時看到有人說感謝藝術家為人們留下了珍貴的時代畫面,總是不以為然。現在,當我自己也和那個時代一樣已經成為過去式時,方才恍然明白,這感謝既是感悟,也是無奈的感歎。

　　《孔雀》應該說是自 1980 年代中後期中國大陸電影高峰過去以後,近二十年來為數不多的幾部好電影之一。導演顧長衛與第五代導演的代表張藝謀、陳凱歌等,都是北京電影學院 1978 級的同班同學。1977 年中國大陸恢復大學招生後,各種人才斷層使得前幾屆學生畢業後基本上成為大陸社會各界精華和傑出代表。就電影行業而言,那幾屆電影學院畢業生,不僅成為支撐起 1980 年代中國大陸電影的骨幹力量,而且一直影響至今。張藝謀畢業不久,就為陳凱歌導演的《黃土地》(1984)擔任攝影,三年後自己擔任《紅高粱》(1987)的導演。這兩部影片都獲得了國際性聲譽。

　　有意思的是，比張藝謀小 7 歲的顧長衛，就是後一部影片的攝影。但是，從導演和作品的角度看，顧長衛屬於與陳、張兩同學在本質上有所區別的第六代導演。這是因為，第五代導演的成就，主要體現在對中國大陸電影本體及視聽語言的革命化改變領域，第六代導演的革命性，則體現在對電影主題思想和人物形象的歷史性、時代性即當下性的結構性改造範疇[4]。

《性知识手册》

圖片說明：1970 年代的中國大陸民眾有兩種文字閱讀，一種是顯性閱讀，讀物是毛語錄，另一種是潛性閱讀，讀物就包括這本《性知識手冊》。兩者的發行數字一定大有區別，如何領會也是如此。

　　《孔雀》的優秀之處，首先在於對時代的忠實記錄。說起來這本是一切藝術作品的一個基本功能，但從 1949 年後，這個基本功能（在中國大陸）已缺失良久。第六代導演及其作品之所以與第五代導演有絕大的區別，就在於他們從根本上改變了這種狀況。就此而言，顧長衛的《孔雀》達到的是一個前所未有的高度，而這是陳、張的代表作品無法企及的。就題材來看，《黃土地》和《紅高粱》屬於農村題材和戰爭題材的重疊，顧長衛《孔雀》屬於可以劃到城市題材當中的城鎮題材。1988 年，根據王朔小說改編的四部電影《大喘氣》、《頑主》、《一半是海水，一半是火焰》、《輪迴》的

密集公映〔註2〕，既意味著中國大陸電影向城市文化和城市文明回歸，也代表著電影藝術如實記錄歷史及其藝術表達功能的恢復。

圖片說明：現今還能記得這場景的人，一定是中老年人。還能對這種場景感觸深刻的，一定又屬於沉默的大多數。當飲食行為和家庭環境開始分離時，「家」的概念、形態和走向也必然會受到衝擊。

　　如果說，同屬於第六代導演的《陽光燦爛的日子》是城市題材的都市版，那麼，《孔雀》就是城市題材的城鎮版。作為1949年後中國大陸最優秀的作家之一，王朔的許多小說都產生過巨大的社會影響，改編成電影更是如此。《動物兇猛》（1991）就是其中之一，改編的電影《陽光燦爛的日子》（1994）〔註3〕，雖然觀眾群體的年紀，有老、中、青的區別，讀解背景也大相迥異，

〔註2〕《大喘氣》，編劇：葉大鷹、王朔、張前，導演：葉大鷹，主演：蔡鴻翔、張波、張豔麗，深圳電影製片廠1988年出品；《頑主》，編劇：米家山、王朔，導演：米家山，主演：張國立、潘虹、梁天、葛優、馬曉晴，峨嵋電影製片廠1988年出品；《一半是海水，一半是火焰》，編劇：王朔、葉大鷹，導演：夏剛，主演：紀玲、張建新、陳剛，北京電影製片廠1988年出品；《輪迴》，編劇：王朔，導演：黃建新，主演：雷漢、譚小燕、劉麗軍，西安電影製片廠1988年出品；

〔註3〕《陽光燦爛的日子》，編劇：姜文、王朔，導演：姜文，主演：寧靜、夏雨，中國電影合作製片公司、香港港龍電影娛樂公司1994年出品。

但是在接受層面毫無問題。其中一個主要原因，就是因為城市題材，以及影片反映的那段歷史與當下時代和生活有著直接、深刻的邏輯關聯，與大多數人的思想和成長歷史絲絲相扣、息息相關。《孔雀》的可圈可點之處，就在於它也擁有類似的品質。

從整體上說，《孔雀》是一個具有紀錄色彩的故事片。大多數人看完這個故事後，會對人物的經歷和命運留下很強烈的印象。《陽光燦爛的日子》講的是京城權力階層子弟的成長歷程，《孔雀》講的是一個小城市平民家庭的歷史境遇。《孔雀》不僅故事講得好，講的還是一個序列故事。坊間一直傳說影片有好幾個版本，其中一個是導演版，據說還有爸爸和她媽媽的故事，而現今觀眾看到的姐姐的故事、哥哥的故事、弟弟的故事也各有多寡不同的刪減。我相信許多人也感覺出些許刪節痕跡。但無論如何，一切文本的分析和引申，只能以現存的、出現在公眾視野中的版本為依據。我不知道，這是否是一種悲哀。

乙、姐姐的故事：「少女之心」

1970 年代「文革」後期，中國大陸青少年中秘密流行著一本手抄本小說《少女之心》，也叫《曼娜回憶錄》，據說涉及大量露骨的性描寫，是當時眾多手抄本中最黃色的。《孔雀》中姐姐的故事與此無關，我只是用來做小標題，試圖說明姐姐這個人物內心世界的淒厲。粗略計算，姐姐的故事時長 65 分鐘，幾乎占整個影片時長 2 小時 21 分的一半。具體數據見下面兩幅統計表格。其一是姐姐、哥哥、弟弟三人各自的故事時長和所佔比例：

總時長	141'43（8503 秒）	所佔全片比例
姐姐故事時長	64'57（3897 秒）	45.80%
哥哥故事時長	42'2（2522 秒）	29.70%
弟弟故事時長	26'10（1570 秒）	18.50%

其二，由於姐姐和其後的哥哥的故事、弟弟的故事多有背景性交集，因此，這個人物實際上貫穿全片，其悲劇效應最為充分。詳見下表的詳細統計指標：

鏡頭始終點	起點分	起點秒	終止分	終止秒	鏡頭時長	鏡頭內容
00：00-01：00	0	0	1	0	60	片頭字幕
01：00-59：10	1	0	59	10	58′10	姐姐故事
59：11-89：15	59	11	89	15	30′4	哥哥故事
89：16-95：56	89	16	95	56	6′40	弟弟故事
95：57-107：55	95	57	107	55	11′58	哥哥故事，毒鵝，相親，做買賣
107：56-115：01	107	56	115	1	7′5	弟弟故事
115：02-116：17	115	2	116	17	1′15	姐姐故事。姐姐做玻璃工藝品
116：18-119：34	116	18	119	34	3′16	弟弟故事。姐姐、果子圍牆外看弟弟
119：35-120：25	119	35	120	25	50	弟弟故事。姐姐邊燒玻璃邊說弟弟當海軍
120：26-121：14	120	26	121	14	48	弟弟故事。爸媽吃飯，弟弟旁白
121：15-122：49	121	15	122	49	1′34	姐姐故事。姐姐離婚回家
122：50-126：04	122	50	126	4	3′14	弟弟故事。弟弟帶女人孩子回家
126：05-128：27	126	5	128	27	2′22	弟弟故事。弟弟女人唱戲，哥哥唯一愛情
128：28-130：23	128	28	130	23	1′55	弟弟故事。弟弟和妻子做愛，弟弟下棋
130：24-134：22	130	24	134	22	3′58	姐姐故事。弟弟姐姐買菜，姐姐遇暗戀男人
134：23-138：32	134	23	138	32	49	姐姐哥哥弟弟幾家人分別看孔雀
138：33-141：43	138	33	141	43	3′10	片尾字幕

（數據統計與圖表製作：李梟雄）

　　現今年輕一代女性觀眾最不能感同身受的一點，恐怕就是姐姐青春萌動期的性心理，從一個女孩變成一個女人的過程，更不要說，那個時代的生態背景：絕望和窮困。其實那個時代還可以用一個字來集中概括，那就是窮——既是物質上的也是精神上的。譬如逢年過節家裏才買得起一斤牛奶糖，然後全家坐在桌前一人分上十幾、二十塊，就像《孔雀》演給你看到的那樣。

　　之所以說《陽光燦爛的日子》和《孔雀》都是一個時代的忠實記錄，就是因為二者都不約而同地表現出那個時代民眾物質條件的匱乏和精神生活的窮困。從過來人的角度回望過去，那個時代幾乎沒有生活，只有活著。這意

味著你作為人的尊嚴根本得不到顧及和考慮。不論男女老少，都要為活下去做力所能及的任何事情。

圖片說明：相信許多經歷過那個年代的人看到這個場景，彷彿看到了自己。在那個年代，以及之後相當長的一段時期內，民眾從電影上根本就看不到自己的生活。至少，沒能看到真實的生活。

譬如姐姐想參軍，除了用陪打乒乓球的方法討好招兵的軍官，自然還會想到用煙、酒賄賂。那個年頭報紙廣播裏天天宣傳批判「走後門」之類的「不正之風」，現實卻是人人都得搞這一套。求人辦事自不必說，大事小情，都得過「研究研究」（送煙送酒）這一關，「歪風邪氣」其實就是當時中國大陸整體的社會風氣。正因如此，另一個也想當兵的女孩才對軍官所謂「公事公辦」不以為然。

現在的許多年輕人不太明白，姐姐為什麼對當兵那麼走火入魔。實際上參軍就意味著衣食無憂，更不要說「一人參軍，全家光榮」的優越社會地位。當不成兵，也當不成官（幹部），那就只能找些地位低下的工作，譬如看孩子、洗瓶子，而這些都是爸爸媽媽靠送禮求人換來的結果，（弟弟要找工作，爸爸也是如此，所以才馱著幾箱啤酒送禮上門）。

出身於平民家庭，姐姐知道，要想改變自己的處境，還得靠送更值錢的東西，那就是自己的身體。因此，她用和司機小王的婚姻換取進入民政局下屬工廠的機會，改變了自己的社會身份。婚姻是弱者改變自身命運的最後一根稻草。但這不僅沒有拯救自身，還毀了自己的名聲，進而連累了整個家庭。姐姐的故事既是一個青春期女孩性心理萌動和發展的歷程，又是當時社會環境的自然反映。

從成人的角度說，姐姐的確是個不省心的孩子，根本不知道對父母造成的傷害有多深；但另一方面，也說明著她對夢想的渴望和執著。那個她自己縫製的降落傘，是影片最為神奇的點睛之筆，那不是降落傘，而是她青春的夢想、幸福，更是她未來全部的寄託。因此，當果子把它拿走後，姐姐甚至願意用貞操來交換：雖然不能夠飛上藍天，但她心中不能失去這個降落傘，這是她能夠像人一樣活下去的一個基本保證。因為，這同時還是她初戀的證明。

青春期的**情感萌動**，是人的一生中最強烈的，也是渴求最多的時期。姐姐需要愛，父母的愛、異性的愛，但姐姐認為爸媽對哥哥偏心，自己沒得到；至於異性的愛，那個時代首先決定了她不能夠得到，因為不允許。因此你會發現，姐姐可以有婚姻，婚姻可以提供性，但卻沒有提供愛。果子和姐姐是最要好的朋友，他們之間應該存在愛，但對方是一個人們眼中的「流氓」，這就決定了他們的愛無法獲得「道德」的庇護；姐姐和認作乾爸的手風琴老師之間也有愛，但這更不能被社會所允許接受；至於對軍官的愛，更多的是摻雜了世俗化考量的單相思。

圖片說明：這個鏡頭的象徵意義大於寫實，或者說，從這個鏡頭可以大致看出全家五口人後來的命運走向。是誰跌得最慘？是誰同樣要忍受世俗的雨水沖刷？是誰沉默地注視著這些並哀痛無言？

　　這時候你就會發覺，姐姐的故事應該是被拿掉了一些，可能是和那個軍官，可能是和「男朋友」果子的感情戲，最可能的，是和她乾爸的戲份。譬如，姐姐當兵沒當成的原因，交代得不是很清晰；在工廠洗瓶子時被一男一女衝進來暴打那場戲，進入得也比較生硬，只有一句「你乾爸摸電門了」的臺詞背景襯托。這是姐姐後來急於把自己推銷給司機小王的直接原因——連男方都說：「咱們才見幾回……要不要再瞭解一段時間？」待姐姐對父母說自己要結婚時，爸爸居然問：「跟誰？」

　　應該說，在此之前，姐姐和軍官的關係已經滑出「正軌」，扭曲成「畸形」了，因為一方面是她不能抑制它，另一方面她又不能夠以被社會認可的方式「正當」地容納它，所以她只能被當時的人們視為「破鞋」——這就是弟弟高衛強從桌鬥裏，當著全班同學的面拿出那堆破爛的原因。「生活作風不好」，也就是「亂搞男女關係」的女方才被人稱作「破鞋」。

圖片說明：按理說，這是虛構的景象，但它的真實性卻又並不低於生活真實。這其實就是當年的「跑酷」，現今這種行為依然存在，不同的只是工具或器具不同。其相同之處，是欲望和現實的衝突。

性，是那個年代殺人不見血的最有效致命兇器，（同樣也對男性有效）。這也許可以解釋，軍官為什麼最後出現在小城並與姐姐重逢。根據影片的交代，軍官說他是「北京的」。那個年代對於北京籍的軍官來說，他犯什麼樣的錯誤才會被發落到小縣城？他與胖姑娘姐妹的關係沒有展開，似乎缺乏**直接證據**。（你也可以認為，他也許是犯了政治錯誤，但要是那樣的話，恐怕他連普通人的日子也過不上，更不要說帶著老婆孩子在大街上吃包子了）。**因此，唯一的可能，就是缺乏證據的那一條線索。**

姐姐處於那樣一個物質和精神雙重匱乏的年代，她的情感生活必然是畸形的，這種畸形的爆發一方面是驚世駭俗的、違反常理的，另一方面又頑強地展現著一個少女對夢想／理想的正當追求過程中迸發的耀眼火花。小城裏的人們只看見姐姐用自行車拖著降落傘在大街上的瘋狂，可是有誰能理解這個少女的夢想，那就是傘花如夢？可是這個夢成了一個公眾笑話，帶給她和家庭的是恥辱。更糟糕的是，就是因為這個降落傘，姐姐才認識了「社會青年」果子──果子在這種場合的介入，與他的社會性的「流氓」形象有一種

內在邏輯關係。影片此時的配樂非常到位，音樂與其說是給出夢幻般的襯托，倒不如說像刀子一樣在割著姐姐和觀眾的心。

　　當降落傘像花朵一樣漂浮在天上的時候，當姐姐在街上撒把騎車的時候，如夢如泣的音樂象刀子一樣在割，一直割到姐姐和落魄的軍官街頭重逢、和她弟弟挑選西紅柿的時候，終於忍不住痛哭失聲。姐姐為什麼哭泣？哭泣失去的夢想、哭泣一生都得不到的東西。這是姐姐心底最柔軟、最被用心呵護的東西，到頭來卻發現它們是如此地醜陋和不堪一擊。一個人可以什麼都失去，包括自己的親人，就是不能失去自己的夢想和追求。因為只有它才能夠支撐你像人一樣的活著。

她也想報名當傘兵　　　　　　　那個軍官，專門走到你跟前給你填表

　　具有諷刺意味的是，音樂再度響起的時候，是姐姐帶著弟弟去和乾爸一起看（北）朝鮮電影。1970年代初期，眾多（北）朝鮮電影大範圍、大批量、長時間地進入中國大陸，並與大陸民眾的日常生活和世俗話語形成頗為弔詭的互動互滲：為了讓《鮮花盛開的村莊》襯托《金姬和銀姬的命運》的不同，《賣花姑娘》在《摘蘋果的時候》成為《永生的戰士》，社會上到處都是《看不見的戰線》，結果《軋鋼工人》都是《無名戰士》，《南江村的婦女們》不過是《一個護士的故事》，《原形畢露》之際，觀眾的眼淚如同《延豐湖》一樣波濤連綿，最終成為中國大陸民眾集體記憶中的影響夢魘。

　　朝鮮電影如泣如訴的配樂對這場戲真是恰如其分，當時是歌頌地看待，現在看來簡直是控訴。姐姐被乾爸的家人暴打後，「破鞋」名聲徹底坐實；當全家人做煤餅子時暴雨突至，做好沒做好的煤餅在嘩嘩的雨水中眼見得變成黑黃兩色、最終混合一體的泥湯；姐姐義無反顧地走進雨中，摔倒，爬起來，再走。無所謂了，生活本身就是如此。正如王朔的名言：青春像一條河，流

著流著就成了混湯子〔註4〕。對於姐姐來說，她的人生軌跡，不過是灰色環境中的一趟泥水。那麼，用當時人們熟悉的時代流行語來說，那就「讓暴風雨來的更猛烈些吧」。

圖片說明：真正的哀痛源於日常生活，而讓人備感哀痛的是以藝術形式呈現的場景。這個鏡頭給人最大的衝擊力在於，面對此情此景，你很容易產生幻覺：姐弟倆和這堆西紅柿已經互換了位置。

丙、傻子：公眾的日常文化消費用品

哥哥是個傻子，外號叫胖子，因為胖得畸形，原因是生病，所以又是一個弱智。哥哥的故事時長 42 分鐘左右，占整個影片時長的三分之一弱。但觀眾看到結尾，卻覺得這個人物既充滿諷刺意味又具有社會象徵意義：這一家人裏，恰恰是傻子過上了世俗意義上的幸福生活。

〔註 4〕王朔的原話是：「青春的歲月像條河，流著流著就成混湯了」（見王朔：《玩的就是心跳》，載《王朔文集》第二卷，第 291 頁，華藝出版社 1995 年版）。當年我讀到這句話，真是心如刀絞卻又哭笑不得。王朔就是那個《皇帝的新衣》中的孩子，童言無忌卻真理在握。當時很有一些人說王朔是「流氓」、「痞子」，這些人甚至包括讀著王朔的作品長大成人的學者。從一定角度說，謾罵王朔的人，許多都多少有些斯德哥爾摩綜合症：如此美好的社會主義生活你居然敢這麼形容？可是，生活，尤其是那段歷史本身就是這樣，多少如花似玉、青春美貌，不就是過著過著就過成了「小黃」（臉婆）或「老黃」？

可能很多人不能理解，《孔雀》中為什麼安排這樣一個人物？

我倒因此特別賓服編劇，這裡面的次要原因是，《陽光燦爛的日子》裏面就有這樣一個傻子，小時候只會模仿老電影（由電影《奇襲》改編而來的「革命現代京劇」《奇襲白虎團》）中的臺詞，人家說上句「古倫木」（口令），他回答下句「歐巴」；影片結尾時傻子已是成人，同伴再來和他對暗號表示親熱，他便在長安街上破口大罵對方是傻X──他算是活明白了。

哥哥的社會意義，也就是我賓服編導的主要原因在於，這類人物是1970年代中國大陸社會一道獨特的文化風景，幾乎每一個城市，不論大小，大街上或任何一個人流聚集的熱鬧場所，都會看到這樣那樣的傻子或弱智，（現在統稱為智障人士）；或者各式各樣的殘疾人，當時叫瘸子、聾子、瞎子，現在叫肢體殘障、失聰人士、耳障人士。這是當時的一個普遍現象，而形形色色的傻子，（當時沒有弱智這種稱謂），幾乎就是一個城市的名片，或某個街區極具人文特色的地標性人物。

從社會原因來說，這種情形的表層原因，恐怕是當時普遍低下的醫療水平所致，深層原因，是那個時代中國大陸社會保障體制的混亂與缺失。因此，一方面，哥哥這樣的傻子，在成為被廣泛認可的公眾人物的同時，具有鮮明的時代特徵；另一方面，哥哥這樣的傻子，又是社區化的、公共性的低端文化消費：人們熟悉不熟悉，都會隔三差五地、有事兒沒事兒地拿他們找點樂子。而這，就像《陽光燦爛的日子》中的那個傻子那樣，形象地、中國化地體現出那個時代的主旋律。

就《孔雀》而言，那個時代的主旋律就是人與人之間的傷害、冷漠、欺辱、恃強凌弱，也就是社會上人際關係中無處不在的暴力形態和暴力文化。這個暴力有兩個層面，一個是針對肉體上的暴力，一個是針對精神上的暴力；前者又叫硬暴力，後者可以視為軟暴力。傻子一家都是這些雙重暴力的受害

者，只不過，傻子的代表性更直接、更明顯，更通俗易懂。姐姐被乾爸的家人毆打，雖然事出有因，但這顯然是她遭受的硬暴力；別人視她為「破鞋」，這是姐姐精神層面受到的文化和道德傷害，屬於軟暴力範疇。

圖片說明：那是一個所有的健全人都被當成弱智並被肆意欺辱、卻從來都不會得到同情的時代。因此，在某種程度上，真正的弱智反倒感受不到這種來自精神層面的暴力，即使感知也以為正常。

這裡需要特別提醒的是，那個年代，被侮辱和被損害的弱者，在承受雙重暴力侵害的同時，也可能是硬暴力或軟暴力的實施者。弟弟就是其中之一：因為有這麼一個傻哥哥導致自己被人瞧不起，所以他後來竟然會想用老鼠藥毒死哥哥；當哥哥被人當成流氓痛打的時候，他又下手比誰都狠，竟然用傘尖狠命去戳──這是雙重暴力的體現。

如果說，姐姐的「破鞋」境遇、弟弟的自卑情結，更多地體現在對人物內心世界和精神層面的傷害，外人一般很難體味和窺見的話，那麼，哥哥對暴力的接收和承受則是赤裸裸的。「文革」時期，1949 年後的戰爭文化背景[5]，使得中國大陸社會的暴力行為和暴力意識達到頂峰，幾近全民共識，幾乎成為每一個社會成員的行為意識和生存法則，更是廣大青少年們的思想武裝和護身符。

你还敢来，胖子

圖片說明：那是一個瘋狂的年代，傻子成為公眾生活不可或缺的普及型娛樂用品，是公眾沒有文化生活的低端消費用品：經久耐用、老少皆宜。實際上，那是一個弱者欺辱更弱者的全民狂歡遊戲。

　　如果說，那個年代，「卑鄙是卑鄙者的通行證，高尚是高尚者的墓誌銘」[6]，那麼，暴力就是那個時代卑鄙者的通行證，同時也是高尚者的墓誌銘。你若不使用暴力，必將死於暴力。《陽光燦爛的日子》當中為一場打群架的戲配上《國際歌》，就是這種叢林法則很形象的說明，只不過那是北京版。《孔雀》中也有類似的暴力場景。（現在觀眾只看見喜子被果子暴打後掛了相的形象展示，而弟弟對欺負他的同學大打出手的情節，據說在影片送審時與同性戀橋段一起被全部剪掉，而且時長有將近一小時之久。但這個說法被製片方斥為不實之詞[註5]）。這就是為什麼傻子走到哪兒都飽受欺辱的社會和時代

〔註5〕對「不實之詞」的具體報導如下：
　　　　顧長衛：《孔雀》刪了近一小時　DVD將還原
　　　　2005-02-18 08：36：45　　成都商報網絡版
　　南方網訊　顧長衛昨日（17日）在電話中告訴記者，其實弟弟是一個比姐姐更豐富的角色，遺憾的是，「由於影片涉及弟弟的同性戀以及一些暴力情節，在未送審之前就給剪了，這個刪剪也令弟弟這個人物單薄了些」。記者瞭解到，弟弟的同性戀傾向產生在他和果子身上，因為傻哥哥給他送傘被同學欺負之後，果子裝扮成公安局的人給他送傘，讓他覺得自己臉上頓時有了光彩，

原因：因為你是傻子，所以就欺負你。

換言之，一個奉行叢林法則的社會、一個恃強凌弱的時代，弱者不是作為隨時可以被供獻的犧牲品，就是被包括弱者在內的公眾當作任意欺辱、玩弄的消費品。譬如傻子在糧庫裏上班，別人都在打牌，只有他當苦力，不停地幹活；傻子還是一個性受害者：他在糧庫裏被同事雞姦，得到的報酬是一包煙，（奇怪的是，網上的視頻只有同事把胖子拖到糧庫深處的全景長鏡頭，DVD 版則可以清楚地看到同事壓在他身上的情景）。

爸媽也時常擔心孩子會被人欺負，所以張羅著給他換個工作，胖子卻反對，說換了我就沒朋友了。而他那些朋友是怎樣對待他的？熱情地敬煙，煙捲裏面事先放好一個鞭炮，炮聲一響，大家哄堂大笑、興高采烈，胖子受了驚嚇，倒地抽搐，口吐白沫，（犯了羊角風）。

「文革」時代，就我所見，普通民眾的日常文娛生活極為貧乏，也沒多少讓人開心的事情，逗弄甚至欺辱傻子就成為人們共同娛樂的東西，而且免費。說到這一點你就會想起《阿 Q 正傳》，為什麼阿 Q 欺負了小尼姑大家都很高興？因為尼姑和和尚就是中國大眾消遣的工具，要不然那些弱者他消遣誰去？他又不能消遣強者——強者一直在消遣他呢，成天逗你玩兒，往死裏玩兒。

那弱者欺負誰呢？只能欺負更弱的人。麵粉廠的那場戲表現得很清楚，喜子把傻子拖到糧垛後面去幹什麼？不可能是胳肢他吧？那是對更弱者的性

同時果子又給了他父親以及兄長般的愛護，所以他對果子產生了奇怪的感情。但是這個情節敏感，所以拍攝完之後顧長衛忍痛割愛。此外，還刪剪了的情節就是弟弟身上的暴力情節：從他拿傘刺殺哥哥那一刻開始，他身上的暴力傾向完全凸現出來，後來當同學再次欺負他時，他採取了更暴力的手段，這點是在送審的時候被刪剪的。據悉，這兩個部分共刪剪了近一個小時（以上文字來源：http://www.southcn.com/ent/zhuanti2/berlin55/cnfilm/200502180765.htm）。

侵犯。說起來，編導選擇的那些工作場所和單位也很有代表性，不是麵粉廠、洗玻璃的小廠，就是冷庫、幼兒園和養老院，好容易涉及到一個行政機關，還是民政局。那些工作場所，都是城鎮中最弱勢群體的聚集地。因此，那些人的娛樂和宣洩才最起勁，也只能欺負比他們更不幸的傻子。因為比他們好的人他們看不到、也不敢。〔註6〕

傻子在精神層面受到的軟暴力，就是對他的社會性歧視，而且這種歧視群體還包括他的家庭成員——在原劇本中，姐姐和弟弟不約而同地想用老鼠藥害死哥哥〔7〕。也許有人會覺得姐弟倆心太黑，殊不知，一方面是提問者不處在那種環境，不能體味其痛苦和絕望，另一方面，作為傻子的家庭成員，弟弟妹妹也因此承受著來自社會整體歧視。換言之，對父母來說，傻兒子是個放不下的心病，對弟妹來說，傻哥哥是全家的一個恥辱，更是自己一切不幸根源的所在〔註7〕。

譬如姐姐為什麼沒有能夠當上兵？如果說那個胖姑娘能夠當兵，是她們姐妹共同「努力」、去討招兵軍官歡心的話，那麼，作為競爭對手，這姐妹倆肯定還會拿姐姐的傻子哥哥說事兒，這就注定會讓姐姐的參軍審核條件處於劣勢。弟弟為什麼那麼恨哥哥？他在學校裏那麼被人歧視、受欺負，不就是因為他有一個傻子哥哥嗎？否則他為什麼要讓果子假扮警察來冒充哥哥？不

〔註6〕我上小學的時候，親眼看見醬油廠裏的一大幫中老年婦女，圍著一個半大老頭子輪流著抱來抱去。因為沒什麼消遣和娛樂。正因如此，姐姐跟小王結婚前有個明確的要求，就是給她換個工作，理由是不願跟那幫女人在一塊兒。那幫女人是人嗎？當然是，而且都是婆娘。對於已婚女人來說，可消遣的也就是這方面的那點東西。張賢亮回憶說，那個年代的男女農民，幹活的時候最熱鬧的把戲，就是一幫女人一擁而上扒掉一個男人的褲子……鬧著玩兒〔13〕。所以文革時期有個笑話，城市裏面放露天電影，居民（城里人）來得早，把好位置都佔了，附近農民來了後沒地方了，場面混亂，領導出來講話，大意是說農民很辛苦，除了白天幹活，唯一的娛樂就是晚上搞搞男女關係，好不容易放場電影，大家讓一讓，結果大家就讓出地方來了。當然這是一個笑話，但卻反映了一個基本事實，那就是人們的精神生活極端貧乏。《孔雀》中的胖子就是這樣的受害者，遭受包括性侵犯在內的肉體摧殘。他後來送給喜子當錢用的那一箱煙捲，就能夠說明背後有多少不能對你說而你又沒看明白的東西。

〔註7〕這就好比你家要是有一個農村親戚，你看大家對你是什麼眼色態度？來一親戚帶一大包東西，天天住你們家，一定有人覺得特別丟人。當然現如今不同，如果誰家有一美國親戚坐飛機來看你，還能給你發張綠紙，那你又是什麼感覺？姐姐和弟弟說到底都是孩子，孩子的心理敏感度高，但人格底色來自成人社會，所以才那麼恨傻子哥哥。

就是為了洗刷自己的恥辱嗎？〔註8〕

（女厕所）

拦住那个流氓，拦住

弱者被欺辱長久，往往會自覺地承擔娛樂大眾的角色，而且盡心盡力、恪盡職守，就像胖子被煙捲裏的炮仗驚嚇之後，先給觀眾展示出一個招牌式的自嘲微笑，然後才兀自倒地那樣。但《孔雀》並非只願意在人性的陰冷上著力，譬如胖子在冷庫裏的一個同事就是一個好人，他差一點兒因為胖子的工作失誤凍死，但事後不僅不要賠償，還為胖子失去工作而歎息。這是人性的閃光點，雖然不足以讓傻子這樣的弱者活出更多的尊嚴。

弱者要生存下去，除了供人取樂，只能和他同樣不幸或者還不如他的人抱團取暖。所以胖子的婚姻是娶一個來自農村的瘸子，女方也覺得這是天經地義的結合：「胖子，你記得，啥人都靠不住，只有俺看得起你，你看得起俺」。這與其說反映了一般人的看法，不如說印證了一個常識，那就是只有不幸的人才會去找相同境遇的人〔註9〕。

〔註8〕今天你可能會坦然地說：這是我哥，為什麼要欺負他？不知道應該尊重殘疾人嗎？但那個年代這種思想純屬妄想，倒是弟弟的同桌女同學坦誠相告：我只是瞧你可憐，小騙子。1980 年代初期，有一部臺灣電影《汪洋中的一條船》在中國大陸公映，影片的男主人公就是一個雙下肢殘疾的小夥子，平時得跪著走路。問題是這個人居然還上了大學，而且還娶了一個四肢健全的漂亮女人做老婆。這對那個時候很多大陸觀眾來說簡直是聞所未聞，都看傻了，簡直是天方夜譚——不可想像。這就是那個「我們」一直想「解放」的臺灣社會？

〔註9〕哥哥的婚姻，反映的是國人婚姻觀念中的弱者結盟理念：傻子配一個殘疾。這種心理不健全的配對法至今還有市場。譬如前幾年某個獲得過諾貝爾獎的華裔美國人，娶了一個大陸中國女子，這本是正常的，但許多人只盯著「82」娶了個「28」。這種心態就有問題，因為首先這完全是他們兩個人的事情，哪怕他娶了一隻老虎，那也是他個人的選擇。而中國大陸那種不正常的社會反響只能說明許多人的性心理不健全。他們的潛臺詞就是：嫁給一個糟老頭子，大姑娘虧了；第二個就是，這老頭有沒有能力？但結果是，人家好著呢。因為從理論上說，無論男女，即使到了一百歲也該幹嘛幹嘛，干卿底事？況且，要相信世界上是有愛情的，不能說她就是為了繼承他的遺產——對於男人來說，他的創造力和性能力應該是成正比的。

但仔細揣摩又會發見，胖子其實並不是真傻，關鍵時刻往往大智若愚。譬如喜子找他來借錢，胖子爽快答應，但給的卻是一紙箱子煙──那是傻子給喜子提供性服務的全部報酬。這不是黑色幽默，而是幽默的本色。還有就是胖子後來質問喜子為什麼沒有娶陶美玲，喜子的意思是說陶美玲沒有生殖能力。胖子的回答不得而知，但無論是當時還是後來，事實都證明喜子是真傻，胖子不傻──因為只有胖子能給那個女人真正的愛。

你为啥没娶陶美玲

圖片說明：哥哥的疑問質樸、簡潔、有力，對方的回答也是同樣：中看不中用的女人要她何用？古人云福禍相依，就影片提供的線索看，當初陶美玲要是嫁給哥哥，結局未必會比現在好。

丁、弟弟的雙重視角：沉默的大多數

無論從哪個角度講，只有不到27分鐘的弟弟的故事，顯然是被人為壓縮的結果，儘管還可以把影片 8 分鐘的結尾補充進來，但畢竟形成的是比例失調的現狀。整個《孔雀》被明顯地劃分為三個段落，弟弟的故事雖然放在最後，但敘事視角都由他自己回顧性的旁白帶入展開的。不知道這是否是導演後期剪輯時的一種補救性調整的結果，因為導演承認，影片「整體上都收了一些，尤其是弟弟的故事。這部電影涉及到中學生的問題，校園暴力等，從

大眾觀眾的角度出發，分寸需要控制一些」[2]。這裡的「收」就是刪節，至於「從……出發」，要「控制一些」，這話都不能當真，因為這不是編導的角度而是行政管控考量的結局。

他不是我哥

考慮到導演隨後又承認對影片整體「布局上三個故事有些東西做了挪移和調整」[2]，那麼，第一，無論是觀眾在電影院裏看到的膠片版，還是市場上的 DVD 版，《孔雀》都不是一個完整版即導演版；至於從網上看到的視頻，更是刪節版的刪節版，輕易看不得。第二，因為刪節、刪減、挪移和調整，整個影片的視角不能不從導演和觀眾的視角基礎上，加上弟弟的視角，用旁白沖淡紀實性，以期獲得起碼的市場准入保證。

弟弟的故事真正開始的時候，從影片提供的歷史背景上看，時間段應該是在 1970 年代末期。具體時間應該是中國大陸剛剛恢復高考的 1977 年，往後也只延續到 1980 年前後。前一個證據是，爸爸來檢查弟弟的學習，叮囑說：「現在社會，沒知識是萬萬不行的」——中國大陸社會自此從革命時代向經濟建設時期轉進；後一個證據，是弟弟回家時電視上正在播放日本電影《追捕》[註 10]，弟弟帶回的女人隨後在歌廳演唱「格調不高」的民間戲曲——這是意識形態鬆動後，外來文化和民間文藝被有條件地允許進入公眾視野的初始時期。

[註 10]　《追捕》（故事片，彩色，又譯名：《你啊，越過憤怒的河吧》），日本，1976年出品，上海電影譯製廠 1978 年 10 月譯製。原作：西村壽行；腳本：田阪啟、佐藤純彌；編劇：田阪啟；導演：佐藤純彌。我對這部影片的讀解，祈參見拙作：《日本電影的心理衝擊及其刪節考量——以 1978 年譯製的〈追捕〈（1976）為例》（載《汕頭大學學報》2014 年第 6 期），此文的未刪節完全版作為第八章收入拙著：《黑乳罩：1949 年後外國電影在中國大陸的文化傳播和世俗影響》（上下冊，臺灣花木蘭文化出版社 2015 年版）。

圖片說明：這個互相凝視的鏡頭意味深長。因為在雙方眼裏，對方才是顛倒的，自己不是。其實很久以前古人就明白，若要公道，打個顛倒。問題是，許多人只要對方顛倒而自己不肯做或做不到。

　　弟弟這個人物的社會意義和形象價值在於，他是那個年代沉默的大多數的一個代表。當然，這個家庭人人都是代表性人物：爸爸媽媽代表著千百萬老實本分的柴米夫妻，姐姐是那個物質精神雙重匱乏的年代的畸形花朵，哥哥雖然是一個弱智，但卻是無數被侮辱和被損害的弱勢群體中的弱勢的典型。弟弟的性格就是「蔫兒屁」，這與導演承認自己的「蔫壞」[8]個性，多有相同相近之處。至於家庭之外，張麗娜和陶美玲可以看作是姐姐的另一種人生版本。

　　如果說，姐姐畸形的青春期源於她作為女性生錯了年代，哥哥的不幸是因為他的生理缺陷，那麼，弟弟的悲劇是由缺失基本人文關懷的教育宗旨和家庭環境造成的。官方的教育宗旨是想努力培養革命接班人，但只注重了「革命」和所謂「接班」的工具化工程改造，根本就沒有把「弟弟」們當成人來看待；家庭環境，由於革命年代和物質貧瘠時代的原因，父母更多地把精力放在傻兒子的身上，相對忽略了另一雙兒女的青春期成長，更不用說，這種教育本身就充滿著時代賦予的簡單粗暴的文化稟賦。

圖片說明:我相信,許多人會對這熟悉的場景,在報以微笑的同時,眼中會泛出幾絲淚花。我之所以懷念那個時代,是因為,至少,那些西紅柿是安全的,那些器具也是無毒的,那種保鮮是有效的。

弟弟的故事和姐姐、哥哥的故事一樣,以自己的旁白帶入敘述,然後就是一個回身凝望鏡頭的動作,眼神中的迷茫和呆滯讓人不寒而慄。轉場就是弟弟把自己倒掛在單槓上的下拉鏡頭。這個鏡頭既是前一個故事中哥哥進入校園的視角銜接,也是弟弟在學校中已經被毀壞和顛倒了的個人形象的總結。因此,下一個鏡頭就是弟弟在家,接受爸爸督促學習、檢查作業時的「黃色圖畫」事件。

實際上,兄妹三人都有青春期和性心理萌動以及障礙的問題。如果說,姐姐和哥哥自身的問題及其解決分別是一齣悲劇和一齣喜劇的話,弟弟的問題及其解決就是一齣正劇,用「悲欣交集」形容之,庶乎可也。弟弟珍藏的那張裸體女人圖畫,可能是他替姐姐買的那本《性知識手冊》的臨摹版,更可能來自同性夥伴私下流通的民間自創版。現在這個問題不是問題,但那個時代是,而且後果很嚴重。這場戲的處理現在看很有喜感:

爸爸問「這是誰?」

弟弟答「誰也不是」。

　　應該說，這件事是任何一個正常男生性意識生成後的自然體現現象，父子間的問答更具有哲理層面的終極智慧。但爸爸的結論是：「我們家出流氓了」，隨後還要廣告鄰居們快來看「流氓」。

　　萌動中的性心理是最脆弱的，隨後被摧垮的，就是作為人的尊嚴。

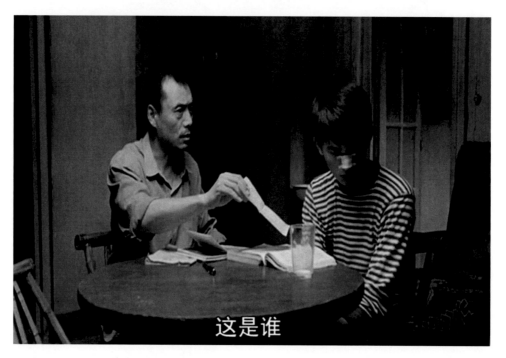

圖片說明：在皇權威儀征服全體民眾的年代，生活中充斥著無數的皇帝及其權力的無限蔓延。在特定情形下，父權其實是皇權的變相體現。「打是親，罵是愛」，至今還可以聽到類似的同聲傳譯。

　　由此，折射出弟弟形象社會意義的深層內涵，一方面，那個時代無論是從家庭的角度，還是從學校的角度，人們對於愛的追求、傳達和表述，都是不被允許和不正常的；另一方面，爸爸的教育理念和方式方法並非個案，而是具有普遍性，那就是肉體懲罰以及由此帶來的精神羞辱。實際上，編導借這個人物為至少兩代人說出了青少年時期成長的內心隱痛。譬如導演自己承認，像他，還有姜文那一代人，父母的教育全是拳腳教育〔註11〕。生於1950

──────────────────────

〔註11〕他說得極形象：父親就是咣一腳踢到牆上去，然後自己像動畫片一樣慢慢地滑下來，母親教育比較文雅，就是找一個比較光溜的鞋底子，長時間地抽打屁股〔8〕。

年代和 1960 年代那些人，對此絕不陌生〔註12〕。當時的父母，大多都把時代強加給他們的暴力和戾氣，下意識地分解、轉移到孩子們身上。

父母對於孩子們的付出是百分之二百，像兩匹老馬一樣，操碎了心累彎了腰。同時，父母對孩子的那種溫情的表達幾乎沒有。譬如爸媽強行給姐姐打針，第二天早上媽媽照樣去上班，爸爸又要出門求人給姐姐找工作了。她叫了聲爸，爸的反應是什麼？看她一眼，一言不發就走了。我長大之後明白了，那一代人不會表達愛。正如導演所說：「我特別想紀念那段生活，紀念那些庸長的、樸素的，同時也殘酷、也深情和溫暖的生活」，「這個故事就是我自己生活的經歷，我屬於這個階層的人，我就是這樣長大的」[2]。

由於哥哥的原因，弟弟已經在學校斷送了為學生的尊嚴，現在，家庭能給予弟弟也是同樣的一切，那麼，唯一的出路就是出走〔註13〕。當然後來弟弟要回來，還帶著老婆孩子。這個不無溫情的結局，其實已經與人物性格和事實真相無關，只能與編導的指導思想即世界觀有關，那就是對希望和溫情的傳達。這裡的問題是，弟弟的出走先是去養老院，這可能是因為，姐姐和小王都在負責收容被社會遺棄的老弱病殘以及無家可歸人員救助的民政局工作，而養老院歸民政局管，弟弟肯定知道那個地方。更有可能的是，也許爸爸媽媽曾動過要把傻子哥哥送到那裡去的念頭。

即使被大量刪減，弟弟的性格邏輯和性心理軌跡也還清晰可見。弟弟後來與單身母親張麗娜的結合順理成章：一個在性成長過程中遭受挫折的男人，婚姻對象肯定不會首選一個姑娘，而更應該是一個性經驗豐富的熟女。弟弟不僅找到了她，連兒子都免生了。這裡沒有對與錯的問題，從本質上說，既然婚姻是鞋子，那麼只有穿它的人才對質量擁有發言權。真正的問題在於，很少有人會理解弟弟的心路歷程、撫慰弟弟的屈辱、平復弟弟的悲憤。

也許，這些銘心刻骨的傷痛永遠積澱在潛意識中，直到他離開這個世界；也許，就像包括家人在內的人們，偶而會注意到他失去的那根手指一樣，但不會知道，那根斷指究竟失落在哪裏。所以，導演談到影片結尾時感慨：「生

〔註12〕當時的家庭教育，也因為社會性的物質條件貧瘠和暴力文化的大背景，存在著根本性缺陷，那就是對愛的疏漏和有障礙的傳達。這是時代造成的，就像影片展示的那樣。

〔註13〕先人云，少年時代想離家，中年想出家，老年戀家。弟弟雖然看上去懦弱、內向，但並不意味著他缺乏這種人類共性。從一定角度上看，弟弟不乏那個僵化時代的先鋒或前衛氣質，其叛逆頗有驚世駭俗的風骨。

命就是這樣，有一些悲憫的東西。我特別想表示對這個生命群體的一種敬意。他們的生命力令人尊敬」[2]。

家里人都看到我斷掉的手指

圖片說明：一般來說，當兒子可以在老子面前自由抽煙的時候，要麼是父權與兒權實現了平等，要麼是父權的威儀已經不再。所謂「父子如兄弟」的倫理體現畢竟是特例，此外，還是要看作特例。

戊、結語

從一般的影片時長上看，爸爸媽媽的故事不太可能存在。如果存在也不大會被放進來，因為表現那個時代的成人社會的內容會觸及更嚴厲禁止的攝製底限。……。

《孔雀》的展開緩慢，表現貌似平淡，幾個人的故事分段來講，背景性和時代性的交集自然呈現。它的長處是有利於抒情，有利於觀眾對那段生活作一個反省式的回顧，譬如看到姐姐最後揀西紅柿那場戲時，忍不住會和演員一起淚流滿面、痛徹心肺。如果認為影片的侷限是缺乏高潮，那其實是誤解，因為它把慣常概念中的高潮分散在各個人物身上，從而以整體的印象和感受構成高潮，讓人久久難以平靜。

這與導演顧長衛個人的性格特點有關：不急不慢、能收得住，這就決定了他作為藝術家給你講故事，也能夠不溫不火地徐徐道來，平淡中見真情。

張藝謀的影片講究出彩，並且竭盡全力：人物塑造上，先把演員壓得很醜，然後再讓她迸發光彩，譬如《秋菊打官司》；故事情節和視覺效果上，大起大落，刺激強烈，譬如《紅高粱》。因此，導演個性的不同，造就了創作藝術特點和效果的不同。

《孔雀》拍得工於心計，講究異常。對於鏡頭的構圖、色彩等，美學追求極具匠心，每一個鏡頭都可以輕易找出極具油畫品位的畫面。譬如小城鎮的俯拍和影調全景，姐姐在野地裏騎自行車，以及一些很世俗的場景，譬如家居生活中的走廊。又譬如哥哥相親那場戲，小橋流水，詩情畫意，結果雙方廝打起來，家長們趕忙勸架。這麼美的畫面，相得益彰的配樂，發生這樣的事情。這才是真正的生活：俗得要命但又好看得要命。說起來，這是第五代導演代表作品的藝術遺產。〔註14〕

咋用粉笔刷鞋？

圖片說明：從那個年代過來的青少年，幾乎都幹過這種事。現在細想一下，多少有些疑惑：為什麼民眾會窮成那個樣子；或者說，為什麼所謂國家機器連鞋子的生產都不能滿足人民的正常需求？

〔註14〕 1980 年代那些激動人心的電影，《黃土地》、《紅高粱》、《一個和八個》，都有類似的共同的特徵：力圖在視聽語言，乃至思想上徹底顛覆以往形成的那一套模式化的、庸俗的、偽的東西。這是因為，中國大陸 1949 年以後的絕大多數電影不能稱其為電影，只能是偽電影。譬如偽農村電影、偽城市電影——生活本來不是那個樣子，可是電影卻偏要偽裝成那樣。

1980 年代的中國大陸電影為什麼能達到那樣一個高峰、取得那樣的成就？從歷史的角度來講，其實只不過是恢復了中斷了幾十年的電影傳統而已。眾所周知，中國電影的黃金時代出現於 1930 年代，《孔雀》就是直接繼承和發揚了電影本體的敘事功能，講好了故事，也就等於留住了歷史。

《孔雀》有許多代表性場景，尤其是那些極具中國大陸特色的歷史性畫面、細節和現象，譬如當時人們做煤餅、做西紅柿醬的情景。當時的城市無論大小，即使是首都北京，普通人家燒煤取暖做飯，很少有塊煤或足夠的煤麵兒——買不到或買不起，只好自己動手，摻上黃土做煤餅，那時的男孩子幾乎沒有沒幹過這活兒的。

冬季到來之前的北方城市，民眾除了儲備白菜土豆，就是大規模地做西紅柿醬：找來幾十隻葡萄糖瓶，洗乾淨，把西紅柿切成條放進去，塞上瓶塞，瓶塞上插個針頭，（通氣用的），然後放到鍋裏煮，煮好把針頭拔掉，裏邊就成了真空狀態，可以保鮮，一直放到冬天才捨得拿出來當菜吃。〔註 15〕

又譬如哥哥要結婚，女方的條件之一就是「四十八條腿」——這是當時時代的最強音——就是家具：立櫃、床、桌子四條腿，兩個沙發八條腿……其實這個條件不算高，因為還有「三轉一響」沒有提——手錶、縫紉機、自行車是轉的，響的是半導體收音機。親，沒有電視機，電視是在 1980 年代才出現並開始普及於民間的。所以 1970 年代的搶劫乃至殺人案件，很多是搶手表。當時的手錶很貴，幾十塊錢，一百多塊錢。這是什麼概念？那個時候一家之主掙三五十塊錢，就要養活老婆孩子好幾口人，還要接濟鄉下親戚，還要吃飯隨禮……

這種經濟上的窮困孩子們最有體會。《孔雀》中姐姐向弟弟借錢去買煙買酒——那時候一塊錢可是一筆鉅款，所以當弟弟又拿出一塊錢的時候，姐姐驚歎：

「你真有錢啊！簡直像個資本家！」

那個年代，中小學生出去春遊，爸媽一般會給個五分、一毛的，已然很富的感覺，要是有三五毛錢，那就是大款出世炫富了。明白了這些，就能明白為什麼媽媽因為丟了十幾塊錢竟然會失聲痛哭。姐姐和小王約會，小王送她

〔註15〕我的記憶中，這種民間儲備行為一直持續到 1990 年代初期我離開家鄉到上海讀研究生的時候。除此之外，影片還有一段爸媽做皮蛋的鏡頭。實際上，冬儲的蔬菜花樣還有許多：醃酸菜、醃茄子辣椒製作辣白菜什麼的。這使我想起魯迅對家鄉的揶揄：似乎是窮怕了，什麼都醃起來藏著吃。

一條紗巾，一條紗巾定終身。當然這裡面有姐姐的主動，但也的確反映了那個時代物質的匱乏。而物質條件不僅能決定一個人的婚姻質量，也能改變一個人的生存質量。這是當時現實的真實反映，並且深深融進人們的行為意識。

對這些極具大陸民間底層特色景物和行為的偏愛，顧長衛這一點上是和張藝謀相近相通、也是有意為之的。1980 年代的中國大陸電影之所以能達到一個高峰狀態，就是在一定程度上試圖恢復中國電影中斷幾十年的傳統，其中之一就是對時代紀錄的忠實性、人文性和歷史性。因此，《孔雀》的意義也可以視為是站在第五代導演的基礎上，以第六代導演的姿態承接了這種不懈的努力。

電影的本質其實就是給你講一個好故事，這是一般文化意義上的起碼要求，但遺憾的是，進入 1990 年代以後，中國大陸的許多電影不會講故事，或者說，不給人們講故事，也不願人們看故事。這個改變源自 1949 年以後的中國大陸文化歷史：電影不肯講故事了，它要給人們講道理，也就是一種圖像化的政治宣傳和意識形態的灌輸。對於 1950 年代以後的觀眾來說，當時看電影不叫看電影，叫「受教育」，這種思維模式和指導意識直到今天還有殘存。進入 1990 年代，市場化的商業製片模式，又為中國大陸電影塗上一層銅臭，情形愈發不堪。

圖片說明：編導一定看過拍成電影的豫劇《朝陽溝》，熟悉這個場景的人一定也會對此心生感慨。因為，場景相同，但人們的心理和行為不同。從電影史的角度說，一定是有人說了假話甚至屁話。

　　雖然同屬於城市題材，《陽光燦爛的日子》是都市版，反映的是中國大陸社會中上層人士，即以北京軍隊大院子弟為代表的權貴階層子弟的時代生活記錄。相形之下，《孔雀》是城鎮版，反映的是眾多下層社會民眾的平民生活景象及其思想、情感和人生成長歷程。兩部影片的共同之處是毋庸置疑的，即主題思想上的顛覆性和人生歷程中的個體性和群體性的統一。那個時代的民眾，一直生活在一個強力回放的聲音磁場中被反覆告知，生活不僅是美好的、而且是最幸福的，因為外國還有三分之二的受苦人等著你們去拯救。許久以後人們才發現，受苦人原來就是自己。

　　如果說生活是美好的，那麼人們要問，是什麼、又是誰，當人們回顧以往的時候，讓他們痛徹心扉、泣不成聲？

圖片說明：哪個時代都有今不如昔的落魄男人，道理很簡單，「花無千日紅，人無百日好」。問題是，如果這樣的男人是和帶顏色的制服一起跌宕起伏，那就不光是歷史問題，應該還有社會的問題。

己、多餘的話

子、《孔雀》和孔雀開屏

　　前幾天我在中國音樂學院的電影公選課上提到過這個影片，所以今天在自己學校一上課時就很興奮地問學生看過《孔雀》沒有。結果所有人都很不

屑，說小時候就在動物園裏看過了。我批評說廣播學院的學生怎麼能不看些好電影呢？下面一學生質問我：你不是也看了《天下無賊》了嗎？

言歸正傳。

《孔雀》中孔雀開屏到底是什麼意思？是對美好生活的渴望嗎？

導演顧長衛和王朔都是一代人，他們的影響是相互的。除了藝術領域之外，還表現在他們對生活、對時代、對藝術的認知層面，也有一致的地方。說老實話，一開始我也不知道片名叫《孔雀》是什麼意思。看了一半，我明白了。我首先想到的是王朔曾經說過孔雀，而他對孔雀的論斷就是理解《孔雀》的一把鑰匙。王朔說：孔雀開屏是好看的，（但）轉過去就是屁眼了[9]。

這句話當年遭到許多小人君子的唾罵，多少年來一直有許多人還罵王朔是「流氓」。為什麼？多少年來，「孔雀開屏」一直被主流話語表述為社會主義社會生活的象徵，賦予無限美好的寓意，就像當年一支流行歌曲唱的那樣，《甜蜜的事業》，「我們的生活充滿陽光」。

《孔雀》告訴你的是背後的東西，是大家都知道的但誰也不去說的公開的秘密。孔雀開屏的後面是不大好看，但卻是非常真實的。對於孔雀來說，「開屏」是為了生存，為了求偶，是做愛前奏。但另外一隻孔雀卻無動於衷，影片結尾就是這樣。

就影片而言，人們一直只知道和嚮往美好的東西，卻不知道它的背後有這麼多真實的東西存在。我所知道的是，三四十歲以上的中年人看《孔雀》，大多是邊看邊流淚，包括我。雖然我沒有經歷過那樣的生活，但也曾經讓爸媽著急生氣過。現在的感慨是，他們那一代人能活下來真不容易，他們怎麼活下來的？還要撫育更弱小的一代⋯⋯

第二層意思，我的理解是，生活不是孔雀，也就是說生活不是給別人看的，生活是給自己過的。你明白了這一點，再看小三飆豪車撒歡兒的時候，

心態就會比較平和，眼睛該直還得直，但直完以後該幹嘛幹嘛。孔雀開屏不是給人看的，尤其是在公園裏。我小時候聽說，孔雀一見到穿花衣服的女生，就會開屏跟人比美。從生理學來講這有一定的道理，它生怕女生搶走它的母孔雀。

因此，生活不是孔雀的羽毛，只能看不能用。人們的誤區在於，認為生活就像孔雀開屏，值得用一生來等待，結果等待的結果是把自己的一生等沒了。我想，影片裏的姐姐是這樣，弟弟是這樣，爸爸媽媽也是這樣，一直堅信未來生活是美好的。大家都忘記了當下的生活才屬於自己。

影片中只有一個人沒有上孔雀開屏的當，就是傻子哥哥，這一點和《陽光燦爛的日子》有驚人的相似：你以為我傻，其實我一點都不傻。就像馬三立的相聲裏說的那樣：逗你玩呢。

圖片說明：姐夫這個人物的出現實在太突兀，因為沒有任何線索或細節的提示。我猜測，一定是編導刪除了關鍵內容或戲份。刪除也不全是壞事，有時候，冰山一角的效果比冰山本身更讓人震撼。

丑、弟弟的哭與笑

1934 年，上海聯華影業公司拍過一部叫《大路》的左翼電影[10]，主題歌《大路歌》到現在也非常好聽，激昂中充滿無以言傳的憂鬱，既像勞作中

沉重的歎息又像近百年來漢民族不堪重負的抒發，常常引起我莫名的哀愁。在我天真成長的 1960～1970 年代，幾乎大街小巷都安裝著一天到晚廣播的大喇叭，印象深刻。早晨的「開始曲」是放《東方紅》，夜晚的「結束曲」是《國際歌》，平時就放 1930 年代左翼電影中的插曲，譬如《大路歌》，還有李劫夫 1970 年代創作的革命歌曲：「我們走在大路上，意氣風發鬥志昂揚……」。

那時候夏天特別熱，絕大多數人家都沒有電風扇，冬天特別冷，禦寒的衣物既差又不夠，再加上成天價清湯寡水不見葷腥地吃不飽，只有逢年過節才有些糖塊吃，就像《孔雀》中演給你看的那樣。這種現實本身就形成一個反諷。明白這一點你就會明白，為什麼《孔雀》中，那麼悲慘的一個背景卻配了（北）朝鮮電影中那個特別幸福的曲調和聲音。所以弟弟一邊吃東西一邊看著朝鮮電影（《鮮花盛開的村莊》）中能掙六百工分的橋段狂笑不已，他只有在看那種電影時才敢哭敢笑或者哭笑不得。情感的正常宣洩在那個時代是不允許的。

圖片說明：那個時代，電影院是普通民眾瞭解和觀賞哪裏是天堂或地獄的地方。人們被告知並相信，外國和舊社會都是地獄所在，天堂只存在於少數幾個地方，自己容身的社會是最大最美的天堂。

寅、《掛王八》還是《掛黃瓜》

　　張麗娜在歌廳裏演唱的地方小調，觀眾聽到的明明是前一個名字，可視頻字幕打出來的是後一個。開始我以為是製作時常見的字幕輸入錯誤，及至翻看導演和記者的對談，才知道這是錯得故意，因為導演被要求改成這樣[2]。第六代導演及其作品的革命性往往也體現在這一方面，那就是對民間曲藝及其大眾娛樂功能的搶救性恢復。

　　1949 年後，中國大陸官方主導的戲劇戲曲「改革」不僅以意識形態的高壓革了電影藝術的命，也革了無數地方戲劇戲曲的命，甚至連京劇也未能幸免──對此，程硯秋在 1950 年代初期，就痛斥田漢執掌的「戲改局」（「戲劇改進局」）是「戲宰局」[11]。但無論如何，作為一種藝術形式的電影還是殘存下來，等到了第五、第六代導演的集體發力拯救時機。但眾多地方戲劇戲曲和廣大從業藝人的命運則悲慘無比，沒有了這般幸運──你甚至都不知道他們是何時何地、又是怎麼連人帶藝默默無聞地消失、死亡的。

《挂黃瓜》

圖片說明：好電影的一個標準是，影片中的任何一個人物，哪怕是一個小人物，都有一大段精彩的故事或隱或現。從中國大陸電影史的角度說，張麗娜們的故事始終被屏蔽──儘管她們本身就是歷史。

卯、撒把騎車

影片中有一個細節，姐姐騎著自行車狂奔時放開雙手。不扶把騎，北方人都知道這叫撒把。1990 年代初期有部電影就叫《大撒把》[12]，那時候我在上海讀研究生，帶一個南方籍的女朋友去看的。什麼叫「大撒把」，電影看完了她也沒明白。因為不知道南方人怎麼稱呼這種騎車方式，而我又以此為豪，結果兩人吵了起來。

我的印象中，1970 年代到 1980 年代初期，只有男生而且是屬害角色騎自行車才可以這樣撒把騎車，同時還要抽著煙，另一隻手摟著騎另一輛車同伴的脖子。更拽的是，自己騎一輛車，大梁或後座（或者前後同時）馱著女朋友，單手扶把，另一隻手拖著另一輛（空車）。至於三四個人同騎一輛自行車，更是常見的把戲。但女生不行，人們會認為她不正經。

所以，《孔雀》中的姐姐大街上撒開雙把騎車絕對地出格，怪不得路人無不側目以視——類似於今天美女酒駕時扔煙頭、罵交警。〔註16〕

初稿時間：2005 年 3 月 8 日
初稿錄入：呂月華
二稿日期：2007 年 3 月 8 日
三稿改定：2012 年 9 月 18 日～10 月 8 日
配圖時間：2013 年 4 月 8 日～29 日
圖文修訂：2016 年 3 月 18～19 日
新版修訂：2017 年 4 月 8 日～19 日
新版校訂：2020 年 3 月 27 日

〔註16〕 本章的文字主體部分，即甲（第一、二自然段）、乙、丙、丁、戊（不包括最後一個自然段）共約 9600 字，最初曾以《第六代導演：忠實於時代記錄和敘事功能的恢復——以顧長衛的〈孔雀〉為例》為題，發表於《浙江傳媒學院學報》2012 年第 6 期（杭州，雙月刊；責任編輯：華曉紅）。全部圖文版後作為第五章，收入《新世紀中國電影讀片報告》。此次新版，恢復了被刪改的文字並以黑體標示，並新增專業鏈接 4：影片經典臺詞、篇末的英文摘要（雜誌發表版）、影片 DVD 碟片的三幅圖片，以及並列排版的十組（20 幅）影片截圖。特此申明。

圖片說明：現在已經看不到這樣的服飾了，這些年輕人也已經成為老年人了。最重要的是，那時的心境和精神狀態也早已蕩然無存。環境和行走工具變了，人的外貌和內心氣質也隨之一去不復返。

參考文獻：

〔1〕百度百科〔EB/OL〕.http://baike.baidu.com/view/8019.htm，〔登陸時間：2012-07-23〕.

〔2〕顧長衛，譚政.《孔雀》：平凡生命的平凡傳奇〔J〕.電影藝術，2005（3）：25～30.

〔3〕製片方批駁《明星》週刊失實報導，電影局未刪減《孔雀》送審版〔N〕.京華時報，2004-04-06（A25）.

〔4〕袁慶豐.1980 年代第五代導演的視覺革命與藝術貢獻——以 1987 年的《紅高粱》為例〔J〕.長江師範學院學報，2010（2）：51～56.

〔5〕陳思和.中國當代文學史教程〔M〕.復旦大學出版社，1999：55.

〔6〕北島.回答〔J〕.北京：詩刊，1979（2）：46.

〔7〕中國第一攝影顧長衛電影導演作品成名作《孔雀》劇本＞ 象牙塔藝術教育網站〔EB/OL〕.http://www.xiangyatastudent.com/forum.php?mod=viewthread&tid=999&page=1&authorid=18，發表於 2009-12-13 15：15：55〔登錄時間：2012-10-03〕.

〔8〕CCTV-1：《藝術人生——顧長衛》（2005-02-16），酷 6 網〔EB/OL〕.http://v.ku6.com/show/mK_Sqgfnzd0-1W1S.html。〔登錄時間：2012-10-03〕.

〔9〕王朔.一點正經也沒有〔M〕.北京：中國作家，1989（4）：139.

〔10〕《大路》（故事片，黑白，配音），編劇、導演：孫瑜；攝影：裘逸葦；作曲：聶耳；主演：金焰，陳燕燕，黎莉莉，張翼，鄭君里；聯華影業公司（上海第二廠）1934 年出品。

〔11〕蔣錫武.固守其本的改革觀——兩難之中程硯秋創新探析〔J〕.中國戲劇，2004（1）：27//.程永江.程硯秋史事長編·下〔M〕.北京出版社 2000：644.

〔12〕《大撒把》，編劇：馮小剛、鄭曉龍；導演：夏鋼；主演：葛優、徐帆；北京電影製片廠 1992 年出品。

〔13〕張賢亮.親歷歷史〔M〕.北京：中信出版社，2008：11.

2005：Peacock— History Is Story

Read Guide：Nobody can deny that *Peacock* remains one of the classical films in past three decades in Chinese mainland, even though the released version has been abridged a lot. The film is a faithful copy to history, and portrayed a culture of interior town during Cultural Revolution. The elder sister whose love couldn't be spoken out and released by herself, the idiot brother who was regards as a "toy" to offer entertainment for ordinary people in their daily life, and self-contemptuous brother (a gay)，are all typical images in the weak group of mainland society in 1970s. The success of *Peacock* relies on the fact that it has revived film narration completely, because to tell a good story is to record history.

Keywords：the sixth generation director; abridge；adolescence; Cultural Revolution; idiot; stuff for public entertainment;

圖片說明：在中國大陸市場上公開銷售的《孔雀》DVD 碟片。